T0407650

LA LISTA DE NO BESAR DE NAOMI Y ELY

- **Título original:** *Naomi and Ely's No Kiss List*
- **Dirección editorial:** Marcela Luza
- **Edición:** Leonel Teti con Nancy Boufflet
- **Coordinación de diseño:** Marianela Acuña
- **Diseño de interior:** Cecilia Aranda
- **Diseño de tapa** de *La lista de no besar de Naomi y Ely*, de Rachel Cohn con David Levithan. Diseño de tapa © 2014 Egmoton UK Limited. Siluetas © Shutterstock. Publicado en virtud de un acuerdo con Egmoton UK Limited y utilizado con previa autorización.

Naomi and Ely's No Kiss List © 2007 Rachel Cohn y David Levithan
© 2017 V&R Editoras
www.vreditoras.com

ARGENTINA:
San Martín 969 piso 10 (C1004AAS)
Buenos Aires
Tel./Fax: (54-11) 5352-9444
y rotativas
e-mail: editorial@vreditoras.com

MÉXICO:
Dakota 274, Colonia Nápoles CP 03810,
Del. Benito Juárez, Ciudad de México
Tel./Fax: (5255) 5220–6620/6621
01800-543-4995
e-mail: editoras@vergararriba.com.mx

ISBN: 978-987-747-250-9

Impreso en México, marzo de 2017
Impresora y Editora Infagon, S.A. de C.V.

Levithan, David
La lista de no besar de Naomi y Ely / David Levithan ; Rachel Cohn;
editado por Leonel Teti. - 1a ed . - Ciudad Autónoma de Buenos Aires:
V&R, 2017.
328 p.; 20 x 13 cm.

Traducción de: Julián Alejo Sosa.
ISBN 978-987-747-250-9

1. Literatura Infantil y Juvenil. 2. Realismo. I. Cohn, Rachel II. Teti,
Leonel, ed. III. Sosa, Julián Alejo, trad. IV. Título.
CDD 813

LA LISTA DE NO BESAR DE NAOMI Y ELY

Nunca entendí por qué lucir atractiva tiene que estar relacionado con el sexo y conquistar a alguien. ¿Qué pasó con la ilusión, con la seducción, con el verdadero amor? ¿Puede ser que una persona se vea atractiva sin la necesidad de que eso signifique algo? Llámenme una perra anticuada, pero todavía estoy esperando el verdadero amor. Incluso, si es una fantasía difícil de alcanzar. No cometeré el error de dejar que la belleza (la mía o la suya) decida lo que debo sentir por un hombre. Esa mierda de amor a primera vista no sirve. Mi papá vio una foto de mamá en una revista y se enamoró antes de siquiera conocerla. Cuando era pequeña, él solía pasar más tiempo fotografiándola que tomando imágenes que, se suponía, mantendrían a nuestra familia unida. Pero la fascinación por

Comienzo a llorar y a sentir que todo está mal. Lloro porque no quiero que esto ocurra y aun así está pasando, e incluso se siente como si tuviera que pasar. Estoy tan triste y furioso (incluso también resentido y herido) que Naomi queda paralizada. Arroja el pantalón al suelo y me dice que soy un imbécil antes de marcharse y abandonarme allí, llorando en ropa interior. Luzco como un gran idiota, el más furioso y desconcertante objeto de incineración, y no hay nada que hacer más que esperar a que el elevador baje, esperar a que se marche, dejar pasar el tiempo suficiente para que suba y entre en su apartamento. Y luego, tomar la misma ruta, solo que mucho tiempo después, como si sirviera de algo. Pienso que podría dejarle

RACHEL COHN & DAVID LEVITHAN

TRADUCCIÓN: JULIÁN ALEJO SOSA

A Nancy Primera

Naomi

TIRITAR

Miento todo el tiempo.

Le mentí a la Sra. Loy del decimocuarto piso cuando le aseguré que sacaría a pasear a su perro tres veces al día y regaría sus plantas cuando se fuera a Atlantic City para recaudar fondos para la triste operación de su hijo (o para hacerse una cirugía estética a elección, no estoy muy segura).

Le mentí al consorcio del edificio donde vive mi familia sobre aquel episodio de mi mamá, que dejó la pared de la sala de estar casi destrozada cuando papá se marchó. También encubrí las mentiras de mamá al consorcio al decir que pagaríamos por los daños. Es más probable que salgan volando monos de mi trasero a que consigamos esa cantidad de dinero para arreglar el daño. Mi manera de verlo es así: si a mamá y a mí no nos molesta vivir entre ruinas, ¿por qué debería preocuparle al consorcio?

Le mentí al Comité de Admisión de la Universidad de Nueva York cuando les dije que me preocupaba por mi futuro y educación. Hace menos de un año que terminé la preparatoria y ya sé que esto de estudiar en la Universidad de Nueva York es un caso perdido. Vivo en la mentira de los estudiantes de primer año al aferrarme a lo único de mi vida que no está en ruinas: *Ely*.

Le mentí a Robin (👧) de la clase de Física cuando le aseguré que Robin (👦), el de aquella vez en el Starbucks entre la Universidad y la calle 8, estaba 🖤 de ella y que me había dicho que la llamaría. No tengo $$$ suficiente como para mudarme a la residencia de la universidad, pero cuento con Robin que, por estar en segundo año, tiene un dormitorio para ella sola y me lo presta para poder escaparme del Edificio cada vez que se va a su casa los fines de semana. El apartamento en donde he vivido toda mi vida puede encontrarse en la zona más preciada de la Greenwich Village, pero escaparme de ese lugar es mi prioridad. Huir de las peleas de familia o de mis mentiras, o del Sr. McAllister, el hombre extraño que vive al final del corredor, en el mismo piso que la Sra. Loy. Ese tipo me ha estado mirando con demasiada atención desde que cumplí trece años y mis pechos recién comenzaban a notarse en el espejo del elevador.

Le mentí a mi mamá cada vez que le dije que me quedaba a pasar la noche en la casa de Robin cuando, en realidad, me quedaba en el dormitorio de mi novio. Me miento a mí misma al decir que necesito mentir sobre mi paradero. No es que Bruce Segundo y yo lo vayamos a hacer. Somos más de los que 📖 en la cama, apagan la luz y simplemente duermen 🛏, hasta que él se marcha por la mañana para llegar a 🕐 a su clase de Contabilidad. Le miento a él al hacerle creer que pienso que es sumamente importante estudiar Contabilidad.

Le mentí a Robin (♂) cuando me ganó una partida de ajedrez en el Washington Square Park, luego de aquella historia con Robin (♀). El precio de mi derrota era la obligación a elegir "verdad" en su juego de preguntas a la medianoche. Robin había visto a un grupo de cinco chicos que me miraban y cuchicheaban, y comentó que yo, simplemente, los había mirado con indiferencia mientras pasaban caminando. Entonces, él quiso saber si yo uso mi belleza para el bien o para el mal. "Para el mal", le contesté. Mentira. Verdad: soy tan pura como la nieve sobre el Washington Square Park en una mañana de invierno, antes de que los perros, las personas y las máquinas de esta violenta ciudad aplasten su belleza pacífica y perfecta.

Le mentí a Bruce Segundo cuando le prometí que tendríamos sexo, del real, pronto. Muy pronto. Ni bien nos colocamos en ♋, el supervisor de la residencia entró y nos interrumpió. En ese momento, sentí como si estuviera engañando a Ely.

Le mentí a Bruce Primero cuando le hice creer que él sería mi primera vez. Se supone que Ely será mi primera vez. Puedo esperar. Luego, quizás, dejaré que Bruce Segundo sea en verdad el segundo.

Les mentí a tres chicos diferentes y a una chica en el Starbucks de Astor Place, quienes hoy me miraron por el espejo de la pared y pretendieron sentarse en la mesa frente a mí. Simulé no poder escucharlos a través de mis 🎧. Pueden irse Ⓟ a otro lado, porque este lugar ya está reservado.

Coloqué mis pies sobre la silla vacía para reservarla para Ely.

Solo para Ely.

La mayoría de las veces, le miento a Ely. Le-miento-a-Ely.

Ely me llama mientras lo espero recostada en la silla.

"Llego tarde. En quince minutos estoy allí. Guárdame una silla para mí. Te amo", cuelga el teléfono antes de que pueda responderle. Le miento a Starbucks al hacerles creer que tomo algo mientras me relajo en sus sillas para pasar el rato.

Hemos sobrevivido a tantas cosas juntos, ¿qué cuestan quince minutos más de espera? Su ausencia me permite desenvolverme en mis no-verdades.

Le mentí a Ely cuando le dije que perdonaba a su madre por lo que ocurrió con mi padre. Le mentí a Ely al decirle que me alegraba saber que sus madres solucionaron todo y volvieron a vivir juntas, aunque mis padres no, razón por la que papá ya no vive más con nosotros en el Edificio, sino mucho más lejos.

Le mentí a mamá al decirle que el daño ya está hecho, pero que está bien si quiere tomarse un tiempo para procesar la ruptura antes de poder salir adelante. Le mentí al consolarla y decirle que lo superaría; aunque no es que crea que no puede hacerlo, sino que, simplemente, no quiere.

Les miento a todos los que me conocen cuando les hago creer que papá me llama todas las semanas para saber cómo estoy. Una vez al mes (en los días impares) suele ser lo más normal.

Papá no se preocupa por mí. Sabe que tengo a Ely.

Rara vez Ely se marcha o corta una llamada sin decirme "te amo". Es su forma de decir "adiós", como si fuera una promesa hacia nuestro futuro juntos. Le miento cuando le respondo "yo también te amo".

La complejidad de los diferentes niveles de significado que subyacen en la frase "te amo", definitivamente, sería como un videojuego de esos que te generan un daño psicológico importante, si a alguien se le ocurriera desarrollar ese tipo de juego.

Jugador 1: Naomi.

Nivel 1: "Te amo" a mi mamá significa te amo por haberme dado la vida, por haberme alimentado, por sacarme de quicio, pero, aun así, por inspirarme, a pesar de los dolores de cabeza que te ocasioné. Básico.

Nivel 2: "Te amo" a mi papá, dicho con sinceridad teñida de frialdad y sin confianza de que realmente me responda con el mismo sentimiento. Difícil.

Nivel 3: El "te amo" juguetón que le digo a mi novio cuando me espera fuera del salón de clases con un café caliente y una dona. Este nivel de "te amo" se caracteriza por no tener ninguna intención de transmitir A-M-O-R de verdad. Nuestra relación es demasiado joven para eso, y él también lo comprende. Cuando Bruce Segundo me dice "te amo" luego de que yo… haga ciertas cosas con él, con cuidado trata de desviarlo con frases como "te amo cuando le gritas a los chicos de la fraternidad por hacer mucho ruido en el corredor cuando estamos solos en mi dormitorio. Les arrojas los mejores insultos y ahora me envidian aún más. Te amo por eso". Lo que sea.

Nivel 4-9: Expresiones de pasión para los grandes amores de mi vida, como la música disco, las barras *Snickers*, el museo *The Cloisters*, la NBA, los juegos de *Stairwell*, la suerte de vivir la vida junto a Ely.

Aquí es donde el juego se torna más complicado.

Nivel 10 (pero en una dimensión completamente distinta, donde quizás, los números ni siquiera existan): Cuando le digo a Ely "te amo", pero *no* le estoy mintiendo. Me estoy mintiendo a mí misma. Él absorbe las palabras de una manera muy natural, ya que es su mejor amiga/casi hermana quien se las dice. Y el Jugador 1, Naomi, *quiere* que signifiquen eso. Sin ningún rastro de mentira. Aunque, quizás, también quiere que signifiquen otras cosas. Esas que son confusas e imposibles.

Error. Juego detenido.

Verdad detectada.

Las mentiras son más fáciles de procesar.

Le mentí a Ely al decirle que no me molestan los gays. Y así es. Pero no para el caso de Ely. Se suponía que estaba hecho para mí y que viviríamos felices por siempre. *Destino Manifiesto.*

Le mentí a Ely al decirle que, claramente, aceptaba que *su* verdadero destino manifiesto sea pertenecer al reinado de los gays, aunque, ¿eso no era obvio ya? *¡Claro! ¡Y es grandioso! ¡Pero no!* Prácticamente, hemos prometido estar juntos desde pequeños, crecimos uno al lado del otro, su familia en el 15J y la mía en el 15K. Naomi y Ely. Ely y Naomi. Nunca fuimos uno sin el otro. Simplemente, pregúntale a cualquiera dentro de un radio de diez manzanas cerca del *Whole Food Market* de la calle 14, donde todos los lugares de comida de la India para llevar presenciaron la ruptura desastrosa de dos familias. Naomi y Ely: jugaron al doctor (♀) / enfermera (♂) juntos; aprendieron a besar practicando en privado para los papeles principales de la obra *Ellos y Ellas* que organizamos en el tercer año de preparatoria; compartieron un casillero y sus experiencias de preparatoria juntos; y eligieron asistir a la Universidad de Nueva York juntos, optaron por permanecer lado a lado en sus casas en lugar de mudarse a uno de los dormitorios universitarios, por una cuestión de costo-eficiencia y de la codependencia de Naomi y Ely.

Cuando Ely finalmente me encuentra en el Starbucks, noto que está sin aliento y con las mejillas rojas por correr en el frío invernal. Se acerca y se desploma sobre la silla que tenía reservada para él. Le entrego el chocolate caliente que el gerente del Starbucks me regaló.

–Arriba –le indico–. Debemos irnos.

–¿Por qué, Naomi? –me pregunta, suplicando–. ¿Por qué? Acabo de llegar.

Lo tomo de la mano y nos marchamos hacia la fría y dura acera, en donde, inmediatamente, nos sumergimos en la típica rutina de Naomi y Ely, que consiste en ir hablando, tomados de una mano, con un vaso en la otra, mientras caminamos apresuradamente para abrirnos paso entre las personas.

—Confía en mí —le respondo.

No me pregunta hacia dónde lo estoy llevando.

—¿Era realmente necesario hacerme perder la sesión de estudio con el asistente del profesor de mi clase de Economía, en una cafetería de la calle MacDougal, solo para discutir tu diagnóstico erróneo? No tienes cáncer, Naomi. Y, en caso de que no lo hayas notado, hace demasiado frío aquí, y preferiría pasar el tiempo de otra manera antes que estar congelando mi trasero en esta acera, como por ejemplo, hacerle ojitos al asistente del profesor en una cafetería con calefacción —Ely me suelta de la mano y me entrega su vaso de chocolate caliente para que se lo sostenga, y luego se lleva las manos hacia la boca para calentarlas. Me gustaría poder hacer eso por él.

No sería una mentira afirmar que me gusta el frío. Es lo que más espero durante todo el año. Tiritar.

—¿Cómo es posible que no te importe que pueda tener cáncer? —le pregunto—. Encontré una protuberancia en mi pecho.

Tócala, Ely. Tócala.

—Mentira. No solo te estás mordiendo el labio, que es lo que haces cada vez que mientes, sino que, esta mañana en el elevador, tu mamá me contó sobre la supuesta protuberancia. El doctor dijo que era una espinilla muy crecida.

¡Diablos!

Debo distraerlo de mi mentira. Nos detenemos junto a una cerca frente al patio de juegos de una escuela. En el otro extremo del predio, el edificio escolar (cuyas ventanas se encuentran todas enrejadas) se ve inmenso, con las paredes sucias, cubiertas de manchas de humedad y grafitis. El patio de juegos tiene suelo pavimentado y está rodeado por una alambrada en muy mal estado.

–Creo que nos deberíamos casar aquí –le digo a Ely.

–Ay, querida Naomi, me emocionas con lo romántico que suena eso. Pero ¿qué pasó con aquello del Templo de Dendur en el Museo Metropolitano de Arte? Acepté eso solo para verte usar el vestido color marfil de Nefertiti y los ojos delineados como Cleopatra. Eres el tipo de chica a la que le quedaría definitivamente bien el estilo de diosa del Antiguo Egipto.

–¿Qué usará el novio?

–Lo mismo.

✖✖✖

Mal, mal, mal.

Debo corregirlo.

–No me refiero a *ti* y a mí, Ely. Sino a *él* y a mí –señalo en el patio al jugador de baloncesto que acaba de encestar un triple en el aro sin red. El jugador levanta sus brazos en forma de v, lo que provoca que la capucha de la sudadera caiga sobre sus hombros para deleitarnos la vista con su hermoso rostro, y Ely me mira a los ojos, asombrado.

–Realmente valió la pena perderme la sesión de estudio –me dice, sonriendo.

Debería aprender a confiar en mí. Incluso, cuando le miento.

Lo admiramos. Gabriel no solo es el chico más sexy del lugar, sino también el mejor jugador. Corre. Pasa. Salta. Encesta el balón. ¡Guau! Conserje por las noches, superestrella del baloncesto en el día.

Cuando el partido termina, los jugadores abandonan el predio y se marchan rápido hacia sus cálidos hogares, o eso espero. Ely y yo bajamos la vista al verlos pasar cerca de la alambrada en donde nos encontramos babeando y simulamos no hacer nada. Nada que ver por aquí.

Una vez que se marchan, Ely me hace una reverencia, tal como me lo merezco. Haber descubierto el lugar en el que pasa las tardes el nuevo conserje nocturno de nuestro edificio, de quien todos quieren saber más, pero nadie sabe mucho (salvo que es hermoso) es lo que llamo un buen trabajo de detective. Y si hay algo más para saber, Gabriel no lo está contando.

Al incorporarse, luego de hacer la reverencia, Ely se recuesta sobre la alambrada y suelta un suspiro de enamorado.

—No puedo creer que no hayamos hecho esto antes. Sin duda alguna, Gabriel tiene que estar en la *Lista de No Besar*. Coloquémoslo al final de todo, ya que es nuevo. Tiene que ganarse su lugar hacia la cima.

Ely y yo creamos la Lista de No Besar® hace mucho tiempo, durante un juego de la botellita, también conocido como el ¡Tú-Bésame-Para-Darle-Celos-A-Donnie-Weisberg!

¡ 👽 ! Problemas. Nuestra Lista de No Besar® es del tipo que cambia constantemente. Es como un ser con vida propia, creado en un laboratorio en el que combinamos proporcionalmente el Tiempo de Estudio Obsesivo de Ely con su Tiempo de Observar Chicos, y mi SPM con aburrimiento. Ahí, acordamos por adelantado que ciertas personas están fuera de nuestro alcance, incluso aquellos que son perfectos para besarlos con locura (quiero decir que duele saber que los labios de esa persona jamás tocarán los tuyos por los votos de no besar). Esto nos permite mantener una amistad sin celos. La Lista de No Besar® es lo que nos protege de una posible ruptura de Naomi y Ely.

Si nuestros padres hubieran creado una Lista de No Besar®, podrían habernos ahorrado un sinfín de problemas. Pero la siguiente generación ya no cometerá el mismo error.

–Me parece bien que agreguemos a Gabriel a la lista, pero no estoy de acuerdo con su posición. Él es mucho más sexy que cualquier otra persona de la lista. Voto por colocarlo directamente en el puesto número dos –le explico a Ely.

–Trato hecho –me contesta.

Interesante. Eso fue muy fácil.

Apostadores, tomen nota. Actualización de los primeros puestos de la Lista de No Besar®:

N° 1: Donnie Weisberg, aún aquí. La deidad ante la cual hicimos nuestros votos de castidad, para proteger la santidad de la institución Naomi y Ely. El solo hecho de que no tengamos ni idea de su paradero (aunque hemos escuchado rumores acerca de que está colaborando en alguna mierda de Hábitat para la Humanidad en Guatemala para ocultar ese episodio del rap sobre drogas, luego de aquella fiesta de despedida con hongos mágicos la primavera pasada), no significa que no pueda ocupar el puesto N° 1 en nuestra Lista de No Besar®.

N° 2: Bienvenido, Gabriel, conserje sexy del turno noche, deseado por cada residente vivo del edificio, excepto quizás, por el extraño Sr. McAllister, quien aparentemente necesita ver un escote muy grande para excitarse.

N° 3: Mi primo Alexander (*tight end* del equipo de fútbol americano *Kansas All-State*). Nada más para agregar.

N° 4: La prima de Ely, Alexandra (Zona Este, recibió una ovación de pie por su actuación en la versión experimental de la obra *El juego de las lágrimas*). Nada más para agregar.

N° 5: Robin (♂), porque tanto a Ely como a mí nos cae bien Robin (♀), a quien le gusta mucho Robin (♂), y Robin (♀) es la prueba de que puedo tener amigos en la universidad aparte de Naomi y Ely; y

N° 6: El muchacho académico graduado en Teología que está alquilando ilegalmente el apartamento 15B.

–¿Cómo sabías que Gabriel juega al baloncesto aquí? –me pregunta, desconfiado, Ely.

–Un día pasé caminando por aquí y simplemente lo vi –le contesto.

Witsi-Witsi 🕷 tejió su telaraña de mentiras.

Nunca besé a Gabriel. Es más, nunca tuve siquiera una conversación con él de más de cinco minutos sin la presencia de Ely.

Pero.

Tal vez, intercambié números de teléfono con Gabriel y, *quizás*, en alguna ocasión me escribió un mensaje. *Puede* que también haya mencionado el lugar en donde juega al baloncesto con sus amigos antes de comenzar su turno de conserje.

–¡Vaya suerte la nuestra! –exclama Ely.

Al poner a Gabriel directamente en el segundo puesto, el ☯ de Naomi & Ely estará a salvo. De otra manera, *puede* venir la 🌩 y llevarse a Naomi.

–Recordatorio –le digo–. ¿Qué tanto te amo como para dejar pasar una oportunidad con Gabriel?

–Recordatorio. Ya tienes un novio.

De verdad necesitaba recordar eso.

–Tienes razón. Bruce Segundo me espera. Debo irme.

Mi novio y yo ya tenemos nuestra sesión de estudio planeada: él estudia mientras yo evito estudiar. Me gusta planchar sus camisetas cuando él lee en su escritorio y, cada tanto, levanta la mirada de su computadora o sus libros para esbozar una de sus aburridas pero agradables sonrisas. Linda dentadura. Bruce dirá algo como "Naomi, mis camisetas *Gap* son todas negras y lisas, no es necesario que las planches". Y yo le responderé: "¿Y?", porque plancharle la ropa es mucho más divertido que estar besándolo. Es como una forma organizada y tranquila de pasar el tiempo. Planchar y besarnos. Y cuando suena la alarma de su móvil para su descanso de cinco minutos, se levanta y me abraza por detrás, apoyando su cabeza sobre mi hombro. Seguramente, intentando no excitarse por recostarse sobre mi espalda, porque eso interferiría con su estudio. Pero me susurrará al oído: "Vaya que eres linda", como si estuviera orgulloso de eso. Como si yo hubiera hecho algo con mis malditos genes que me dieron un pelo brilloso, un rostro lo suficientemente agradable a la vista, y un cuerpo deseable que nunca utilizo.

Seamos honestos. Incluso teniendo en cuenta a los miembros de la Lista de No Besar® anotados desde mi guarida, este cuerpo también puede llamar la atención, si así lo quisiera. Pero debo esperar a Ely para inaugurarlo. Le debo eso. Hemos estado planeando nuestra boda desde que teníamos doce años, cuando Ely lo propuso como una excusa para robarme el primer beso real entre ambos. Que sea *gay* no cambia eso, nuestro pasado juntos y nuestro compromiso a futuro. Que sea *gay* no significa que yo no deba esperar ese momento en el que él deje de serlo.

Tomo a Ely de la mano. *Game over*. Hora de irse.

Pero Ely se queda quieto en la acera, recostado sobre la reja.

Espera un momento. *¡Shazam ⚡ alacazam!* Como solíamos gritar en el elevador del edificio antes de que se iluminen todos los pisos, solo para molestar al Sr. McAllister. Ely se rindió muy rápido cuando sugerí colocar a Gabriel en el puesto N° 2 en la Lista de No Besar® y, también, cuando decidió habilitarme a faltar a clases y juntarse conmigo en lugar de ir a su sesión de estudio. Ely se rompe el alma para mantener sus calificaciones altas y no perder la beca de primer año. Tiene que hacerlo. Sus madres ganan más de lo requerido para recibir ayuda financiera, pero no tanto como para pagar la totalidad de la cuota universitaria y la hipoteca. Él se encuentra atrapado en esa beca tanto como mi madre y yo nos encontramos atrapadas en el apartamento frente al suyo. Gracias a su trabajo administrativo en la universidad, mamá puede cubrir la cuota de mis estudios, pero nunca podría conseguir el dinero para que nos mudemos a otro lado, sin importar lo incómoda que sea la relación con los vecinos. Mamá nunca podría conseguir por su cuenta un hogar tan bonito como el que sus padres compraron para nosotros.

–¿Qué ocurre? –le pregunto a Ely. Noto que su rostro está un poco encendido, pero no tanto como para que se note el color en sus mejillas, y veo rastros de preocupación alrededor de sus hermosos ojos azules.

–Tengo que decirte algo.

–¿Qué cosa? –le pregunto, preocupada.

Qué tal si Ely tiene cáncer o si solicitó un préstamo estudiantil para mudarse a un dormitorio de estudiantes lejos del Edificio; o, tal vez, está tan cansado de mis mentiras que ya no le importa si falto a la universidad o desapruebo todas las asignaturas.

–Besé a Bruce Segundo –dice finalmente.

Bruce Segundo
LLAMAR

*E*xisten infinidad de maneras de forzarte a tomar una decisión. Todo el tiempo hacemos eso: tomar decisiones. Si pensáramos cada vez que tomamos una decisión, nos quedaríamos paralizados. Qué palabra deberíamos decir. Hacia dónde girar. Qué mirar. Qué número marcar. Uno tiene que tomar aquellas decisiones que considera importantes y dejar a un lado el resto. Son aquellas ocasiones en las que uno piensa que una de esas opciones podría arruinarlo todo.

Ella no estaba en su casa. Ese fue el primer factor. El conserje me dejó subir, toqué el timbre y Naomi no estaba allí, donde me dijo que estaría. Hace dos meses esto me habría sorprendido, pero en ese momento, simplemente, me molestó. Ya sabes cómo es esa sensación que uno siente al esperar a alguien, y quiero decir, *en verdad* esperar a alguien, como cuando te encuentras en la puerta de un restaurante un día frío, mientras cientos de personas pasan caminando a tu lado y no quieres hacer ninguna otra cosa por miedo a perderte de algo, ya que, si por alguna razón no la ves venir, ella se marchará enseguida. Entonces, te encuentras allí y no haces otra cosa más que pensar en cómo es que estás en ese lugar. De a ratos, bajas la mirada para ver la hora en tu reloj, o para revisar que el móvil no se haya puesto en silencio por accidente, aunque ya lo hayas verificado un minuto atrás.

Así se comenzó a sentir salir con Naomi.

La llamé y colgué ni bien me atendió la contestadora, porque ¿qué sentido tendría dejarle un tercer mensaje de voz? ¿Qué sentido tiene dejarle tres mensajes de voz *bajo cualquier circunstancia*?

Simplemente, me encontraba allí, intentando descifrar por cuánto tiempo más debería esperar, cuando la puerta del apartamento de Ely se abrió y salió él, descalzo, llevando una bolsa de basura para arrojar por el vertedero.

–Déjame adivinar –me dijo, mirándome con una sonrisa.

Nunca superamos la etapa de un simple saludo. Yo no le caía muy bien porque él pensaba que yo era aburrido, y a mí no me caía muy bien, justamente, porque él pensaba que yo era aburrido. Pero cuando Naomi quería que saliéramos juntos, la pasábamos bien. Pasé a ocupar el puesto de espectador. No estaba celoso de él, ¿cómo podría estarlo si es gay? No, estaba celoso de *ellos*. Era como si hubieran crecido juntos mirando los mismos programas de televisión, esos programas a los que siempre se refieren fueron su vida juntos, cada episodio más divertido que el anterior. De vez en cuando, Naomi (e incluso Ely) hacían un esfuerzo por explicarme una de sus referencias, pero al explicarlo la situación se tornaba aún más forzada, aún más evidente. Mi único consuelo era que la noche terminaría en cualquier momento y que Naomi volvería a casa conmigo y no con él. Estaba seguro de que Ely pensaba que yo no lo valía, pero presentía que él jamás sentiría que alguien sería suficiente para Naomi. Al igual que ella nunca estaría feliz si él saliera con alguien más. En términos de películas viejas, hay que verlo de esta manera: Fred Astaire tenía una esposa que no era Ginger Rogers, y Ginger Rogers tenía un esposo (en realidad, varios, creo) que no era Fred Astaire. Pero ¿había alguna duda sobre quién era su verdadera pareja de baile? Puede que yo sea el novio de Naomi, claro. Puede que sea el único con el que ella duerme (o no). Pero estaba muy seguro de que yo nunca sería su pareja de baile.

Ely me preguntó si me gustaría pasar y, pensé, *¿por qué no?* Quiero decir, esto me daría una buena razón para dejarle un tercer mensaje a Naomi, así podría saber dónde encontrarme cuando llegase. Era mucho mejor que esperar en el pasillo.

No había nadie más en su casa. Tenía curiosidad por conocer a sus madres; Naomi me habló de ellas lo suficiente como para que pudiera armar la historia completa. Sé que está mal, pero siempre me imaginé a su madre, la que tuvo la aventura con el papá de Naomi, como una persona atractiva. De esa forma tendría mucho más sentido, al menos para mí. Y Ely también es atractivo. No es que no me hubiera dado cuenta de eso, aunque nunca creí que eso significara algo para mí. No era que me hubiera *sentido* de la misma manera que cuando había alguna chica linda cerca. Como Naomi, quien no solo es atractiva sino que también es del tipo de chicas a las que les gusta pensar. Había descubierto, en mi limitada experiencia con las citas y en mi un-poco-menos-limitada experiencia con las amistades, que había muchas personas que trataban los pensamientos como si fueran una molestia. Simplemente, no les provocaba curiosidad. No se molestaban siquiera en intentarlo por el bien de la relación. En cambio, Naomi sí valoraba el fino arte de pensar. El único obstáculo era que no podía descubrir qué era lo que ella estaba pensando. Supuse que Ely sabría un poco más.

Entramos en una de esas salas de estar que tienen una pared recubierta hasta el techo con estantes llenos de libros, en donde han estado apilados por tanto tiempo que parece que se han unido para formar una columna con muchas vértebras.

–¿Me permites tu abrigo? –me pregunta Ely. Se lo entrego y lo arroja a una silla, lo cual habría sido ofensivo, pero la manera en que lo hizo, riendo para sí mismo más que de mí, lo convirtió en algo encantador. Me senté en el sofá y se paró frente a mí.

–¿Puedo ofrecerte algo para beber?

Tendría más sentido, quizás, si hubiera dicho que sí. Pero, en cambio, dije que no.

–Mejor. Según escuché, algo llamado "Brandi" puede meterte en problemas.

–Vaya nombre –le dije.

–Sí, es el de mi mamá –me responde.

–No sabía que tu mamá se llamaba Brandi –le digo, confundido.

–Claro que no –me contesta, aún más confundido.

–Pero ¿no acabas de decir que es el nombre de tu mamá?

–Ella prefiere Ginny.

–Entonces, ¿se llama Ginny?

–Tienes que detenerte –me dice riendo a carcajadas–. Me vas a matar.

Comienzo a reír, aún confundido.

–Pero ¿a quién le pertenece Brandi?

–Ya te lo dije, ¡A MI MADRE!

A esta altura de la conversación, él se estaba desternillando de la risa y me di cuenta de que yo estaba haciendo lo mismo. Su piel se estaba tornando colorada, lo que provocó que me riera aún más fuerte. Cada vez que comenzábamos a calmarnos, él gritaba "¿BRANDI?", a lo que yo le respondía "¡TU MADRE!", y nos reímos sin parar hasta llorar, retorcidos del dolor y haciendo ruidos como cerdos. Me encontraba tumbado, secando mis ojos. Se sentó junto a mí en el sofá y rio, rio y rio.

Tienes que entenderlo: normalmente, no me río tanto. No por voluntad propia. Es que nunca tengo la oportunidad. Por eso, cada vez que lo hago, es un maldito desmadre. Es algo como una entrada.

–¡*Toc toc!* –le dije

–¿Quién es? –pregunta.

–Juan.

–¿Qué Juan?

–¡EL QUE TE PEGÓ EN EL ZAGUÁN! –le grité.

Fue como si hubiera sido lo más gracioso que alguna vez oímos.

–¿Qué le dijo el kétchup al refrigerador? –me preguntó a los gritos.

–¡Tu madre! –le respondí, desaforado.

–¡Cierra la puerta que quiero bailar salsa!

Estuvimos así, por lo menos, durante veinte minutos. Cada broma que habíamos escuchado en tercer curso resucitaba como si fuera obligatorio mencionarla. Y, ni bien nos quedábamos en silencio, volvíamos a gritar "Kétchup" o "Tu madre" hasta que surgía algún otro chiste.

Al fin, nos detuvimos para recuperar el aliento mientras todavía nos encontrábamos en el sofá. Noté que se inclinaba hacia mí. Bajé la mirada hacia sus pies descalzos y decidí sacarme mis zapatos.

–¿Ya terminaste? –me dijo, mientras yo me quitaba un zapato.

–No, ese fue el primero –le respondí.

Me miró fijo y se sintió como si hubiera sido la primera vez que me veía.

–Me caes bien –me dijo.

–Trata de no sonar muy sorprendido –le respondí.

Inclinó tanto su cabeza hacia atrás que me miraba al revés. En ese momento pensé: *es mucho más atractivo de esa forma*. Y yo ni siquiera puedo sentirme atractivo parado derecho.

–No importa si estoy sorprendido o no –replicó–. Lo único que importa es que me caes bien.

De pronto, oímos el elevador detenerse en nuestro piso y Ely, con cautela y rapidez, se dirigió hacia la puerta principal para atisbar por la mirilla. Mientras tanto, yo me saqué el otro zapato.

–Solo es el Sr. McAllister –dijo finalmente–. No te preocupes.

Entendí muy bien a qué se refería con el "No te preocupes". Porque, debo admitirlo, no quería que fuera Naomi quien bajara del elevador. Quería quedarme así. No solo estaba disfrutando de la compañía de Ely, sino que también estaba disfrutando de mí mismo.

–Oigamos algo de música –propuso Ely.

Le contesté que sería buena idea, asumiendo que encendería el estéreo en la sala de estar, pero en su lugar me guio hacia su habitación. Al entrar, pude ver que todas las paredes estaban recubiertas con fragmentos de poemas y fotografías de sus amigos, especialmente de Naomi. Encendió la computadora para buscar el álbum que quería y lo puso a sonar. Lo reconocí de inmediato: *From the Choirgirl Hotel,* de Tori Amos. Se sentía como si la canción se desprendiera de los altavoces para sumergir la habitación en su música. Pensé que Ely se sentaría en una silla o se acostaría en la cama, pero, en cambio, se tumbó sobre el suelo de madera con la vista puesta en el techo, como si estuviera mirando el cielo. No me dijo qué hacer, por lo que me acosté junto a él y sentí el suelo bajo mi espalda, sentí mi respiración, sentí… *felicidad.*

Con el pasar de las canciones recordé que había dejado el móvil en mi chaqueta, lo que significaba que no lo escucharía si llegaba a sonar. Aún así, lo dejé ir.

Había algo en el silencio que me hacía sentir cómodo. Él no me decía nada, pero no me sentía ignorado. Éramos parte del mismo momento y no necesitaba clasificarlo.

–¿Crees que soy aburrido? – le pregunté, finalmente.

Volteó su cabeza hacia mí, aún con la mirada hacia arriba.

–¿Por qué crees eso? –me preguntó.

–No lo sé –murmuré, un poco avergonzado por haber hablado.

Creí que volvería a mirar al techo, a sumergirse en la música, pero, en su lugar, volteó hacía mí y me miró fijo por un minuto, como mínimo. Después de un tiempo, me tendí de lado para poder verlo mejor.

–No –me respondió luego de unos segundos–. No creo que seas aburrido. Sí creo que hay veces en las que no te permites ser interesante… pero eso, seguro, puede cambiar.

¿Cómo puedes pasar horas tratando de entender quién eres realmente y luego aparece un extraño y te dice algo de ti que expresa mucho más de lo que tú podrías descubrir por tu cuenta?

Nos quedamos ahí tumbados, mirándonos, y eso provocó que los dos sonriéramos.

Luego, de la nada –la nada misma dentro de mí–, surgieron esas palabras.

–También me caes bien. De verdad. Me gustas.

Hay algo muy íntimo en decir la verdad en voz alta. Y también al escucharla. Hay algo muy íntimo al compartir la verdad, incluso si no estás del todo seguro de qué significa.

Y fue en ese momento que se acercó lentamente y me besó con suavidad en los labios, como si hubiera leído en mi mente que eso era justamente lo que necesitaba.

Rompió el hechizo. No es que haya dejado de ser feliz, al contrario, todavía estaba, sin poder explicarlo, extremadamente feliz. Pero de pronto, comprendí que esa felicidad tendría consecuencias. La expresión en mi rostro debió haber sido evidente.

–No debí haber hecho eso –me dijo con voz un poco asustada.

–No –le respondí.

–En serio, no debí haberlo hecho.

Se sentó, pero yo permanecí acostado por unos segundos más, con la vista perdida sobre el espacio que acababa de abandonar. Luego, hice lo mismo que él y me di cuenta de que estaba listo para irme, sin haberlo decidido antes.

Él se quedó quieto en su lugar, pero volteó hacia mí cuando llegué a la puerta. Hice algunos ruidos que sonaron como excusas por marcharme, y él hizo algunos ruidos para demostrarme que entendía por qué me marchaba.

–Pero quería hacerlo –dijo, simplemente, antes de que pudiera irme. Esperé un momento hasta estar seguro de querer abandonar el lugar.

–Yo también –le dije.

Y me marché. Salí de su habitación, me coloqué los zapatos, tomé mi chaqueta, salí del apartamento, crucé el pasillo, subí al elevador, salí del edificio, esperé a que cambiaran las luces del semáforo, crucé la calle, guardé mis manos en los bolsillos. Nada de eso importaba. Ninguna de esas cosas me demostraba quién era yo realmente, solo me recordaban lo que había hecho.

Ahora, mañana, tarde y noche… extraño a Ely, y a Naomi. Extraño lo sencilla que era la vida hace veinticuatro horas.

Pienso mucho en él.

Pienso mucho en ella.

Pero pienso mucho más en él.

De verdad. Me gustas.

Decido tomar el móvil por primera vez, luego de haber huido asustado de su apartamento. Decido no revisar los tres mensajes nuevos. Decido hacer una llamada para enfrentar las consecuencias y para, quizás, volver a ser feliz.

Solo queda decidir a quién llamar.

Bruce Primero
INSOMNIO

*H*e probado todo. Ambien, Lunesta, melatonina, contar ovejas, Lo mejor de Johnny Carson: Los setenta, Charlie Rose: El Presente, Charlie Daniels, MTV2, 976-PUT4S69, la obra completa de Dostoyevsky, la obra completa de Nicholas Sparks, masturbarme, Jack Daniel's, todas las películas de Jackie Chan. Pero nada ni nadie puede hacerme dormir esta noche.

Todo por culpa de Naomi.

Ella tenía siete años. Yo, cinco. Nuestras mamis nos metieron en el elevador y, en esos dos segundos que hablaron en el pasillo para intercambiar la correspondencia, la puerta del elevador se cerró, dejándonos a Naomi y a mí sin vigilancia. De pronto, el elevador comenzó a subir y Naomi me preguntó si me gustaría ver su ropa interior, a lo que asentí con la cabeza. Se levantó el vestido hasta la panza y vi que llevaba puestas las mismas bragas rosas con elástico en la cintura que mi hermana Kelly, pero en Naomi, esas mismas bragas se veían completamente diferentes. Encantadoras en lugar de estúpidas. Todavía puedo recordar el momento exacto en el que Naomi se bajó el vestido hasta las rodillas y me sacó la lengua. ¿Mi corazón? Se me salió del pecho y no ha regresado nunca más. Desde entonces, le pertenece a Naomi.

Adelantémonos diez años hasta la primavera pasada, Naomi y yo nos encontrábamos en el elevador otra vez juntos, solo que en esta ocasión éramos más altos, con más curvas (ella), con más pelo (yo). No es que no nos hayamos visto antes en la escuela o en el edificio, sino que esta vez, por alguna razón que el universo nunca se molestó en explicarme, era diferente. Naomi me miró de pies a cabeza a medida que el elevador subía.

–Has crecido bastante bien, novato de primero.

–En realidad, estoy en segundo –la corregí. Gracias a Dios, mi etapa de voz chillona ya había pasado hacía rato.

–Mucho mejor –me contestó–. Ven aquí, chico de segundo.

Me acerqué a ella y pude notar que olía a talco de bebé y a shampoo de nena buena. Inclinó su cabeza hacia mí y abrió su boca despacio. En ese momento, pensé: *No, el sueño húmedo de lo que creo que pasará podría no estar a punto de ocurrir.* Quiero decir, no es que no haya besado a una chica antes. O sea, ¿cuántos juegos de la botellita organicé simplemente para poder tener este tipo de contacto con Naomi? Si tan solo hubiera sabido que lo único que tenía que hacer era encerrarme en el elevador y esperarla. Y luego, contacto. Ocurrió. Naomi me besó, lento, en la boca, absorbiendo mi alma hacia la suya, desde el piso cuatro hasta el catorce. Su boca tenía gusto a barra de chocolate *Snickers*. Me encantan los *Snickers*.

Lo sé, lo sé. No debería enamorarme de una chica que juega con los sentimientos de los demás con tanta naturalidad, especialmente cuando se trata de mí, pero mi cerebro no puede rechazar lo que dicta mi corazón (y las otras partes de mi anatomía). ¿Ven? Lo que la gente (y por *gente* me refiero a mi hermana, nuestros amigos y la mayor parte de la comunidad de MySpace) no entiende de Naomi —excepto, quizás Ely, él la conoce pero yo lo odio; por eso, lo que él sepa, no cuenta— es que hay mucho más de Naomi aparte de la obvia maldad. No saben que ella revisa cada paquete de gomitas de ositos por mí, apretando el envoltorio de plástico para elegir los mejores, como a mí me gustan. Nadie sabe que, a pesar de sus besos descarados, sus creencias y sus mentiras, su obsesión de visitar y escribir sobre cada Starbucks en el universo (aunque nunca ordena nada para beber; simplemente, se sienta en la gran silla púrpura y espera a que algún chico o chica se enamore de ella), Naomi es una chica muy buena y simple de corazón. *Yo* sé esto sobre ella. *Yo* sé que, a pesar de las cosas que dice con aires de superioridad, el ♋ para ella significa hacerlo con la ropa puesta, hablar sobre películas, la vida, los sueños, hacer cosquillas en los pies. *Yo* sé que siempre seré Bruce Primero para ella, en todos los sentidos. Bruce Segundo, ¡me río de ti! Una, dos… *un millón* de vidas sin ella desde que comenzó a salir con Bruce Segundo, pero yo permanecí confiado sabiendo que el último en reír siempre será Bruce primero. ¡JA!

Según mi hermana Kelly, el problema no es que no pueda superar a Naomi, sino que me rehúso a hacerlo. ¡Así es, señor! Amaré a Naomi y esperaré a que regrese a mí. No es por ser un *stalker*, sino más como si fuera una misión personal. Un trabajo. Me despierto y pienso en *Naomi*. Voy a la escuela y pienso en *Naomi*. Regreso a casa, ceno, hago la tarea y pienso en Naomi. Juego algunos juegos en la Xbox, hablo por chat con quien sea que esté disponible y pienso en *Naomi* (excepto Ely, ¡bloqueado! ¡Bloqueado! ¡Bloqueado!). Descargo algo de porno que se asemeje a *Naomi*, trato de ir a dormir. Cuento ovejas con la cara de *Naomi*. No puedo dormir. *Naomi*, *Naomi*, *Naomi*.

Cuando prevalece el insomnio y ella no está presente físicamente para consolarme (aunque créanme, sí está ahí, de una u otra manera), sé que cuento con asistir a una reunión de emergencia de la Sociedad de los Bruce para pasar la noche. En el espacioso lobby de nuestro edificio, todos los Bruce de la calle 14 se reúnen para pasar esas horas oscuras. ¿Estás desvelado? Vaya cosa. Tenemos asuntos importantes que tratar, especialmente los referidos a *las desventajas de ser un Bruce*.

Contamos con la presencia de:

El Sr. McAllister, quien dice llamarse Bruce, aunque no creo que nadie se anime a llamarlo de otra forma que no sea Sr. McAllister.

Gabriel, el conserje del turno noche, cuyo segundo nombre es Bruce (verificado en su licencia de conducir).

Una de las mamás de Ely, Sue, que puede o no haber estado casada con alguien llamado Bruce. En el Club de Tejedoras de la universidad se habla mucho de eso.

Personas al azar que pasan tarde en la noche por el lobby para llevar la ropa al lavadero. Todos tienen un Bruce en su interior.

Bruce, el chihuahua, también llamado "Cutie Pie" por su dueña, la Sra. Loy, pero renombrado por los Bruce-de-alma porque soy yo, y no Naomi, quien lo alimenta y saca a pasear cada vez que la Sra. Loy se va de la ciudad. Yo soy el "chico bueno" (toma eso, Ely santificado por Naomi) que usa la llave oculta debajo del tapete de entrada al apartamento de la Sra. Loy para llamar a su perro sin despertarla, cuando Cutie Pie, a veces llamado Bruce, pide una caminata nocturna.

El problema con la Sociedad de los Bruce es que yo quiero hablar sobre cuestiones referidas a ser un Bruce, pero los otros Bruce solo quieren hablar sobre el insomnio. Lo que los insomnes no entienden es que mientras más hablas de tu dificultad para dormir, más difícil será poder dormirse. Es como un gran problema matemático cuyo resultado es: "¿Por qué mejor no lo aceptas? Estás arruinado". En cuanto a los otros miembros, de verdad dudo sobre su compromiso con la Sociedad de los Bruce. Sospecho que se preocupan más por sus problemas de sueño que de lo que significa ser un

Bruce. Analicemos la situación: existe un legado de grandes personalidades llamadas Bruce a quienes deberíamos rendirle tributo y tratar de imitar: Lenny, el brillante comediante; el Sr. Springsteen; el Maestro Lee; Robert Bruce, también conocido como "Corazón Valiente".

Pero también están aquellos otros Bruce a quienes deberíamos seriamente considerar erradicarlos por el bien de nuestra sociedad: Willis, Jenner, Hornsby.

Sue/Bruce nunca falla al esquivar la importancia de ser un Bruce. En cambio, me mira, lista para preguntarme algo.

–Cariño, ¿has hablado con un psiquiatra sobre tu problema del sueño? Me preocupa que te veas tan cansado. Eres muy joven para sufrir de insomnio. ¿No tienes un examen de admisión pronto? Necesitas resolver este problema antes de que sea muy tarde.

No sé por qué Sue me cae tan bien. Tal vez sea porque su ADN no es parte de Ely (no creo), o porque no está involucrada en la situación de los padres de Naomi y Ely que dejó una sensación de malestar en el consorcio. Quiero decir, una cosa es cumplir cincuenta y, en un abrir y cerrar de ojos, entrar en una crisis de mediana edad y dejar de ser "del todo" gay; pero otra cosa completamente diferente es involucrarse con la pareja de tu vecina. La opinión general en la Sociedad de los Bruce, durante esas reuniones de chismes en la mitad de las noches de insomnio cuando Sue no se encuentra presente, es que si Ginny hubiera necesitado en forma desesperada "experimentar", habría sido un alivio para los residentes del decimoquinto piso de nuestro edificio si hubiera elegido a un hombre que viviera en un edificio completamente diferente. Y también, si hubiera sido con alguien más discreto que el padre de Naomi. Definitivamente, desde el consorcio, apoyaríamos totalmente a Sue, si alguna vez lo necesitara.

–No me gusta dormir. Siento que es perder tiempo de vida –le digo a Sue/Bruce, ya que parece no sospechar nada.

–Los dieciséis son una etapa que es mejor no vivirla. Muy estúpida para ser buena. Según *Cosmopolitan*, la apnea del sueño está relacionada con… –interviene el Sr. McAllister.

¡Ahí está la prueba! Naomi está segura de que el Sr. McAllister roba las revistas de moda de su madre del depósito de basura del edificio. Según Naomi, las fotos de las modelos de esas revistas son como porno para los ancianos tacaños que no quieren pagar un plan de Internet, como el resto de nosotros.

Sue/Bruce ignora al Sr. McAllister/Bruce como siempre lo hace y me da un golpecito en el hombro.

–¿Has vuelto a pensar a cuál universidad te gustaría ir? La última vez que hablamos estabas obsesionado con aquellas que tenían el nombre de algún presidente llamado Bruce en su denominación. Espero haberte hecho reflexionar sobre eso.

Me parece una persona tan agradable.

–Claro que sí. Tengo un nuevo plan para estudiar en la universidad. Esta mañana, en el metro, vi la publicidad de una universidad llamada Politécnica. Según su slogan, se trata de una institución para personas que no son pensadores *mono*temáticos, sino para pensadores *poli*temáticos. Es el lugar perfecto para mí.

–Entonces, eso es lo que eres… ¿un pensador politemático? –me pregunta.

–Sí –le contesto.

¿Qué otra cosa podría ser? Si fuera un pensador monotemático, probablemente, no sufriría de insomnio. ¿Cómo se supone que alguien politemático pueda quedarse dormido y, más importante aún, *continuar* durmiendo cuando los pensamientos no paran de ¡dispararse!, ¡dispararse!, ¡dispararse! en mi cabeza?

Apago las luces. *¿Qué estará haciendo Naomi en este momento exacto? ¿Estará desnuda?*

Me acuesto en la cama. *¿Bruce Segundo la habrá visto desnuda?*

Acomodo la almohada. *Yo sí vi a Naomi desnuda.*

Bajo una mano. Dios mío. ¿Para qué quiero el porno?

Arrojo papel higiénico debajo de la cama. *Sí, se dejó puestas las bragas y no me dejó tocar. Pero lo VI TODO.*

Sacudo. Volteo. Tortura.

Un pensador politemático no tiene otra opción más que salir de la cama, ir a buscar a Cutie Pie y bajar al lobby para participar de una reunión de la Sociedad de los Bruce.

Tenía muchas ganas de preguntarle a Sue/Bruce: "¿Crees que Ely vio desnuda a Naomi alguna vez?", pero no lo hice. Porque estoy seguro de que la respuesta sería sí. Los chicos gays tienen todas las ventajas sin ninguna responsabilidad. Es tan injusto.

Odio tanto haber visto a Naomi desnuda solo porque el último verano Ely estaba saliendo con un chico, y Naomi odiaba no tener acceso completo a Ely, por lo que decidió prestarme atención a mí. Luego, Ely rompió con ese chico y Naomi rompió conmigo.

Alguien debería romperle algo en la cabeza a *Ely*.

¿Acaba de pasar Naomi descalza llevando ropa para lavar o estoy soñando? Seguramente sea lo segundo, porque esa es una de mis visiones de insomnio más preciada y extrema. Lleva puesto un pequeño, pequeñísimo, vestido negro de ensueño (el mismo que usa cuando está por salir de fiesta con Ely) y es realmente injusto que no se dé cuenta de que, por más que luzca como un camión, Ely nunca la mirará de la forma en que ella quiere que la mire.

Lo mejor de las reuniones de la Sociedad de los Bruce es cuando Gabriel, el conserje, una vez que comprueba que no tiene nada que hacer pasada la medianoche, sale de su escritorio, camina hacia nosotros y arroja un mazo de barajas en la pequeña mesa del lobby junto a los sofás.

–¿Póquer? –pregunta, al tiempo que se sienta y comienza a mezclar las cartas.

Mientras Gabriel reparte, los demás miembros de la sociedad sacan las monedas de 25 centavos de sus bolsillos para usarlas como fichas de póquer. Desde que comenzó a trabajar en el turno noche, el pasado junio, creo que es justo decir que Gabriel se ha vuelto muy rico. No sé cuánto gana un conserje novato sin ningún tipo de experiencia, pero él podría llevar su ropa al lavadero hasta la eternidad con todas las monedas que ha ganado.

–Todavía sigo esperando que *tú*, Gabriel, me cuentes cuándo comenzarás a hacer planes para la universidad –le pide Sue/Bruce–. Escuché que mencionaste que querías tomarte un tiempo luego de la preparatoria, pero ¿cuántos años tienes? ¿Diecinueve? ¿Casi veinte? Creo que ya es hora, hijo. Estaría encantada de escribir una carta de recomendación para ti. ¿Qué universidades te interesan? ¿Has oído sobre Vassar?

Como si no fuera obvio que Ely le ha encargado a su madre acosar a Gabriel por él. *Vassar*. Claro. ¿Alguien como Gabriel? No es gay, *Ely*. Sigue soñando. Tal como yo sueño verte caer en una tina llena de vinagre y que permanezcas por tanto tiempo que el olor se impregne en tu piel y Naomi no se pueda acercar nunca más a ti. Toma eso.

–Qué sé yo –le responde Gabriel, encogiéndose de hombros.

¿Qué sé yo? ¡Qué sé yo! Este Bruce sí que sabe. Caso resuelto: Gabriel, el conserje, de esta manera te proclamo heterosexual. Que marche una cerveza Michelob para mí también, amigo. ¿Sabes qué otra cosa también vendría bien? Esa cerveza que en la etiqueta tiene a una chica con pantalones *lederhosen* cuyos pechos están a punto de explotar en su uniforme mientras entrega una jarra rebosante de espuma. Ahora sí.

Naomi se vería fantástica vestida como esa chica de la cerveza. Puedo asegurarles que no llevaría puesta ropa interior.

El chihuahua comienza a ladrar desde mi regazo y, créanme, mis partes agradecen esa distracción. Mientras mueve la cola y aúlla como un cachorrito, Cutie Pie mira directo a la puerta de entrada, donde acaba de llegar una nueva persona. Todos levantamos la vista para ver la causa del alboroto.

Bruce Segundo se encuentra en la entrada del lobby. Luce mucho más cansado que yo. Arruinado. O tal vez, esa sea la forma como quiere que lo vea. En realidad, simplemente luce como Bruce Segundo, la principal diferencia es que, ahora, su estúpido rostro luce más confundido.

–¿A quién buscas? –le pregunta Gabriel Bruce, el conserje.

Es como si hubiera alguna conexión psíquica entre Cutie Pie y yo, porque estoy seguro de que con su ladrido constante está queriendo decirme: "Míralo ahí, *daddy*. ¿Qué? ¿No sabes lo que pasó?".

–No estoy seguro –le responde Bruce Segundo, inmóvil, con el teléfono en la mano.

¿Perdón? Todos saben que la mamá de Naomi está fuera hasta las 11:00 p.m. (y la furia del infierno no se compara con la de una divorciada que toma antidepresivos y que se acaba de despertar por el sonido del timbre o del teléfono de su hija). ¿A quién más podría estar buscando el otro Bruce?

No me iré a dormir hasta averiguar lo que pasó.

Ely

LLAVE

*S*on las 12:08 a.m. y estoy para el crimen. Quiero decir, debería verme sexy, ya que pasé una hora intentando lucir así. Tal como siempre dice Naomi: "Me acostaría conmigo misma". Claro, siempre que dice eso, le respondo: "Bueno, me alegra saberlo porque yo nunca lo haría contigo". Le encanta. Le *encanta*.

De pronto, suena el timbre de la puerta principal. No puedo creer que esa perra haya elegido esta noche, entre todas las demás, para llegar solo ocho minutos tarde. Si hubiera sabido que llegaría a esta hora, le habría pedido que viniera a las 12:30. Luego me doy cuenta de que, quizás, quiera pedirme algo prestado. De ninguna manera Naomi podría estar lista antes que yo.

Abro la puerta y, para mi sorpresa, me encuentro con Bruce Segundo.

–Simplemente pasaba por el vecindario –me dice.

–Claro que no –le contesto en broma. Baja la mirada hacia sus pies, avergonzado. Mierda–. Bueno, me alegra saber que, simplemente, no estabas en el vecindario. Pasa.

Siento que Naomi abrirá la puerta de su apartamento en cualquier momento y no quiero que eso ocurra.

Aunque, en realidad, no tomó muy mal la noticia.

Cuando le dije: "oye, besé a Bruce Segundo", ella estaba como "Sí, lo que digas" y luego, agregó: "Espero que lo hayas disfrutado mucho más que yo".

En ese momento cerré la boca para no decirle: "Sí, claro que lo hice". En cambio, le recordé que nunca lo anotó en la Lista de No Besar®, a lo que me respondió: "Bueno, tampoco me molesté en poner a tu abuela en la lista. Algunas cosas son demasiado obvias. Además, Bruce Segundo no es exactamente tu tipo".

Y le dije que tenía razón. Porque así era. Definitivamente no es mi tipo.

Aunque debo admitir que, últimamente, mi tipo ha resultado ser una completa basura.

Es la revista *Seventeen* la que me está destrozando. A mí y a Naomi. Les aseguro que completamos esas encuestas como si estuvieran avaladas por el Cuerpo Directivo de la Universidad. *Cuando el chico que te gusta te invita a su auto, él: (a) ¿camina hasta tu puerta y la abre por ti?; (b) ¿se sube al auto y se acerca para abrir la puerta desde el interior?; (c) ¿te mete en la cajuela?; (d) ¿te hace subir a la parte trasera y dice "quítate la ropa que estoy contigo en un segundo"?* Nosotros nunca estuvimos muy satisfechos con ese tipo de respuestas, así como tampoco lo estuvimos con el tipo de chicos fotografiados para la revista, esos ridículos en pantalón corto que seguramente son los sobrinos o hijos del editor. Por eso, creábamos nuestras propias encuestas: *¿Tu cita ideal sería debajo del agua o sobre* *un mar de lava?* y, como siempre, el premio por completarlas sería una cena para dos en cualquier restaurante que nos cruzáramos. La mayoría de las veces respondíamos esas encuestas nosotros mismos y, casi siempre, acertábamos la respuesta correcta.

Excepto por aquel cuestionario sobre Bruce Segundo. La vez que ella me preguntó: *¿Preferirías salir con: (a) una ex Primera Dama; (b) gorilas en la niebla; (c) una mujer que se parezca a Stephen King; o (d) un futuro contador?*, yo escogí la opción (b). Pero… los gorilas no son los que están en mi habitación, ¿no?

Hago pasar a Bruce Segundo a la sala de estar y toma asiento en el sofá. Le ofrezco algo para beber y, de pronto, siento que estamos recreando la escena del crimen, pero esa no es la idea. Al menos, no la mía, aunque tampoco parece ser la suya. Percibo que ni siquiera tiene la más mínima idea de lo que está haciendo.

–¿Estás seguro de que no quieres beber nada? –le vuelvo a ofrecer–. Yo ya tomé dos copas.

Realidad: fueron tres, pero ya que dos fueron la mitad de fuertes que la otra, supuse que contarían como dos. Por lo general, tengo que beber por lo menos cuatro para comenzar a sentir que la vida es un musical; cinco para sentir que la vida se torna un musical disco. Es un hábito muy costoso, a menos que no tengas un paladar muy exquisito.

–¿Bruce? –le pregunto al notar que su rostro es tan expresivo como el sofá en el que se encuentra sentado, que, a propósito, es de un color beige floreado. *Muy* lésbico.

Oh Dios, mi Señor, no debería haberlo besado. Aunque, pensándolo bien, si en verdad Dios no hubiera querido que lo besara, ¿por qué lo puso en mi habitación de esa forma?

–Lo lamento –me contesta Bruce, pero voltea hacia la pared, como si se estuviera disculpando con ella.

–¿Por qué? –le pregunto. De verdad, no tengo idea de por qué lo dice.

–Por haber venido tan tarde. Por querer verte.

–No hay problema –le contesto–. De todos modos, estaba a punto de salir. No es que me acabas de despertar.

Trato de ignorar que haya dicho que "quería verme", porque, honestamente, enciende la Alarma de Necesitado en mi cabeza.

El timbre de la puerta suena y oigo a Naomi gritar: "¡Déjame entrar!". Claramente, no le importa si mis mamás están en casa (una la adora y la otra le debe una disculpa). Por suerte, Naomi perdió su copia de la llave de mi apartamento hace unos meses, cuando discutimos sobre si estaba mal que yo le prestara un suéter *suyo* a un chico con el que *yo* quería dormir. Durante la discusión me arrojó la llave y yo aproveché y la guardé. Cuatro días más tarde, me pidió que se la devolviera, luego de que yo recuperara a escondidas el maldito suéter del apartamento del muchacho, intuyendo que él culparía a su peludo compañero de cuarto. Me quedé con ambas cosas, el suéter y la llave, para enseñarle que nunca más debería arrojarme una llave. Con su puntería y mi suerte, terminaría sacándome los dos ojos.

–Sígueme –le digo a Bruce y lo tomo por el brazo para guiarlo hasta mi habitación, pero todavía parece recordar muy bien el camino desde la visita de ayer. Supuse que podría dejarlo encerrado allí por un rato, pero de pronto, tuve una revelación y en mi cabeza resonaron las palabras *Tú-Eres-Un-Idiota*. De ninguna manera Naomi entrará a mi apartamento sin ir a buscar algo a mi habitación.

Por eso, le digo a Bruce que se esconda en el clóset. Lo hace y, mientras cierro la puerta, pienso: *¿en verdad acabo de pedirle a Bruce que se esconda en el clóset? Eso es jodidamente obvio, lo pienses como lo pienses.*

Naomi está golpeando la puerta como si estuviera protagonizando la séptima secuela de *El juego del miedo*, y ya sé que eso no se compara con el bombardeo de preguntas que tendré que afrontar si no abro la puerta en los próximos trece nanosegundos.

–¿Dónde diablos estabas? –me pregunta al entrar en mi apartamento.

–Me estaba masturbando, pero me asustaste y se me cayó tu foto en el retrete –le contesto–. Cálmate. Actúas como si fuera esa época del mes y yo fuera la OPEP de los tampones.

Luce bien, pero aún no está lista. Le doy un vistazo de arriba abajo mientras ella se prepara para hacerme un interrogatorio de tercer grado. Ninguno de los dos necesita un espejo cuando el otro está cerca.

–¿Ese es mi brazalete? ¿Estás listo para ir? ¿Por qué no abriste rápido? ¿Tienes pensado devolverme la llave alguna vez?

Ja, divino, porque cualquier chico gay merecedor de sus discos de Madonna sabría que vino para pedirme prestado un cinturón. Naomi odia (odia, odia) el hecho de que tengamos la misma talla de pantalones, pero eso no la detiene de tratar mi ropa como si yo la comprara solo para que ella la use.

–Voy a usar el rojo –le aviso–. Sé que ya llevo puesto este otro, pero estaba a punto de cambiarlo por el rojo.

–Vete a la mierda. Así luces bien y lo sabes. Solamente haces eso para que yo no pueda usar tu cinturón de "toca-mi-cintura-con-tus-manos". Y te lo aseguro, esta noche, ese bebé pide estar en este cuerpo, mami.

No tiene sentido seguir discutiendo, especialmente cuando ella pagará todos los tragos esta noche, ya sea que lo sepa (auuuu, Ely con ojos de perrito) o no (estúpida chica esquelética que odia usar carteras y siempre me pide que sostenga su monedero de plástico).

De pronto entra en mi habitación, y puedo jurar que siento como si el clóset estuviera respirando. Mala jugada, mala jugada, mala jugada.

–Ten, toma –le digo, agradeciendo a Dios por haberme hecho un chico tan ocupado como para alguna vez acomodar la ropa desparramada en la silla junto al escritorio. Le entrego el cinturón brillante–. Igual, se ve mejor en mí.

–Solo cuando te tiene amarrado a la cama –me responde, provocadora.

A veces habla tan sucio… Por eso amo tanto a esta chica.

–¿Todo listo? –le pregunto.

–¿Te molesta si Bruce nos acompaña? –pregunta Naomi y comienza a reírse, seguramente por la expresión en mi rostro–. ¿Qué? Está abajo. Necesitaba cambiarme la ropa interior, ¿sí? Entonces fui al cuarto de lavandería y me lo encontré allí abajo en el lobby con los que no pueden dormir.

Estoy muy confundido.

–El Primero –aclara Naomi–. No tu compañero de besos fáciles. Lo juro, si él no se hubiera dejado atrapar, jugaría con tu mente un poco más de tiempo.

–Eso no es justo –le digo. Las palabras salen antes de que pueda pensarlas primero. *No digas eso, tonto.*

–Espera un momento –me increpa Naomi parada frente al clóset–. ¿Tú besas a *mi novio* y *yo* soy la injusta? Incluso un niño de dos años, drogado con metanfetaminas, podría darse cuenta de lo mal que está eso.

–Por *justo* me refería a que *no tengo ni la más mínima idea de lo que estoy diciendo.*

–Oh, ya veo. Tal vez necesite tu chaqueta de cuero para compensarlo.

Se acerca al clóset para abrir la puerta y hago lo único que se me ocurre para detenerla.

–Claro, si quieres verte gorda –le disparo.

Bingo.

–¿Crees que me hace lucir gorda? –me pregunta y, de verdad, la siento herida por el comentario.

–Cariño, esa maldita cosa me hace ver gordo incluso a *mí.* ¿Por qué crees que no la he usado últimamente? Estoy listo para regalársela a una vaca. Porque, por lo menos, una vaca se *supone* que tiene que lucir como tal.

–Está bien –me contesta, mirándose en el espejo una vez más–. Vamos.

Apago las luces al salir de la habitación, como siempre, para no hacer nada fuera de lo común, y salimos al pasillo.

–¡Oh, diablos!

–¿Qué ocurre? –me pregunta Naomi.

–Olvidé algo. Enseguida regreso.

–¿Qué se te olvidó?

–Mi pene, ¿está bien? ¡No puedes esperar que salga sin mi pene! Enseguida regreso.

Cierro la puerta antes de que pueda decirme algo y corro hacia mi habitación. Abro el clóset y encuentro a Bruce Segundo de pie en la oscuridad.

–Quiero que te quedes –le pido–. Volveré tan pronto como pueda.

Asiente, pero puedo asegurar que no se lo ve feliz. Y ya entendí por qué.

–Esto no es una emoción barata, ni tampoco estoy jugando contigo –le digo sin saber lo que es *realmente*, pero, al menos, sé que no es ninguna de esas dos cosas.

Sale del clóset hacia la oscuridad de mi habitación y me toca el hombro. Luce tan honesto que me provoca muchas ganas de besarlo.

–Prometo no tardar mucho –le digo.

–Ve –me responde–. Aquí estaré.

Una vez que llego a la puerta, oigo que se mueve detrás de mí.

–Goma de mascar.

–¿Qué?

Me arroja un paquete de *Orbit*.

–Dile que volviste a buscar goma de mascar.

–Gracias –respondo. Podría acostumbrarme a estar con un chico que sabe cómo resolver coartadas.

Salgo del apartamento y veo a Naomi esperando en la puerta del elevador. No me cabe ninguna duda de que lo estuvo reteniendo allí durante todo este tiempo para bajar conmigo. Por millonésima vez, noto que es extremadamente hermosa. Y me encanta, porque mi amor hacia ella no tiene nada que ver con eso. La amo porque retuvo el elevador para mí, como si bajar sin mí hubiera marcado alguna diferencia. La amo porque si se topara con una camiseta que combinara con mis ojos la compraría para mí, aunque no le sobre el dinero. La amo porque cuando siento que estoy metiendo la cabeza en un horno ella me ayuda a sacarla y hornea galletas en su lugar. La amo porque puede insultar como un marinero y, sin duda, navegar como tal, si quisiera hacerlo. La amo porque, aunque no siempre me diga la verdad, siempre siente que debe hacerlo. La amo porque no necesito amarla todo el tiempo.

–¿Tienes tu pene? –me pregunta.

–¿Qué te importa? –le respondo.

Resopla en señal de queja y aprieta el botón del lobby.

—Lo único que espero es que esta fiesta no apeste, si no sabes que estarás bien muerto.

Siento que la estoy traicionando. El elevador desciende, y es como si me estuviera alejando de algo importante y no como si estuviera yendo a disfrutar la noche con Naomi. Mi amor por ella lo comprendo a la perfección. Pero tengo la necesidad de regresar a mi habitación por ese algo que todavía no entiendo por completo.

Él caminaría hacia mi lado y abriría la puerta por mí, ¿no es así?

No puedo permitir que Naomi se entere de lo que estoy pensando.

Es terreno muy peligroso.

Naomi

ORBIT

–¿**Y**a tienes *tu* pene, Naomi? –me pregunta Ely, burlándose, mientras bajamos en el elevador.

–¿Si así fuera me llevarías a alguna parte contigo? –se cree demasiado atractivo con ese cinturón rojo y en realidad lo hace ver tan gordo. Gordo *y* ardiente. Una combinación *muy* trágica para un chico gay.

–Negativo –me responde acercando su pecho contra el mío. Luego inclina su rostro como para besarme, y cuando siento que sus labios están a punto de tocarme, coloca su mano entre nuestras bocas con un paquete de goma de mascar.

»¿Goma de mascar? –me ofrece mientras mueve el paquete entre sus dedos. Claro, como si la goma de mascar le fuera a sacar todo el olor a 🍸 de la boca. Siempre que llega a ese punto dice que solamente bebió una copa, a pesar de que su aliento indique que, por lo menos, fueron tres.

Puedo ver que tiene un trozo de aceituna atascado entre sus dientes, lo que le da a su rostro un atractivo espantoso que es más que bienvenido. Si se acerca tan solo un poco más a mí, la fricción entre su sonrisa y lo que pienso sería como una 💣 a punto de estallar.

De verdad, entiendo que allí afuera hay un 🌍 lleno de maldad (guerras, injusticia, calentamiento global y todo eso de esperanza y humanidad), pero lo lamento, me preocupa mucho más la ⊰burbuja⊱ de Naomi y Ely. Es lo único que me permitió llegar hasta este momento en la vida. Al menos, no estalla como todo el resto.

Coloco mi dedo índice dentro de mi boca para avisarle sobre el trozo de aceituna en sus dientes. Inmediatamente, se lo limpia con la lengua.

Diez… nueve… ocho…

Ya que está tan cerca de mí, ¿por qué no?

–*¿Tiempo fuera?* –le digo, juguetona, haciéndole notar nuestras manos libres.

Lo nuestro no es otra cosa más que amor-platónico-entre-mejores-amigos-de-sesiones-de-besos que no tiene validez en la vida real. Los tiempos fuera solo ocurren cuando estamos bebiendo alcohol o estamos aburridos, algo que, por lo general, hacemos juntos de la mano (o de la boca), dependiendo de la ocasión.

–Solo me usas por mi goma –me contesta, burlón–. ¿Cómo puedo estar seguro de que todavía me respetarás por la mañana?

Se aleja de mí y comienza a bailar como un niño alrededor de mí.

Falsa alarma. Mentí. No hay ninguna 💣 y Ely no luce gordo ni ardiente. Simplemente luce como Ely. No es atractivo como Gabriel, sino que solo es Ely. Adorable.

La primera persona en la que pienso cuando me levanto por la mañana y la última, cuando me voy a dormir. La única persona que es parte de mí tanto como yo misma.

Tal vez soy egoísta, aunque no estoy muy segura de qué significa ser así. En este momento, necesitaría alguna palabra para poder definir con exactitud lo que somos Ely y yo. Lo que somos el uno con el otro.

Quiero decir, ya sé que sabemos. Pero ¿*en verdad* lo sabemos?

La versión egoísta de ambos destila a Naomi y Ely, dos partes de un todo. Mi mamá y sus mamás me han 📣 una y otra vez que las preferencias sexuales no son una elección, pero cuando Ely se inclina y me provoca, tan cerca de mí sin tocarme, puedo *sentirlo*, aquí arriba, allí abajo, en cada centímetro de mi piel, es como si no pudiera 🤲, porque no importa lo que los demás digan, no puedo dejar de pensar que *él* me eligió a *mí*.

Naomi   Ely

Cuando teníamos trece y aprendíamos a besar usando al otro como práctica, ser *gay* todavía no era algo que estuviera presente entre nosotros. Se sentía tan naturalmente dulce y correcto. Ninguna pared existía entre nosotros, porque estaba bien claro que estábamos destinados a compartir esa primera experiencia juntos. En ese entonces, sus labios no se sentían *gay*. ¿Por qué deberían hacerlo ahora?

El simple hecho de que Ely se sienta atraído por los chicos no significa que no podamos llevar nuestra conexión mental a una conexión más corporal. Me rehúso a pensar que es posible que no quiera eso en algún punto, ya sea que lo sepa o no.

O, quizás, como me explicó mi amiga de respaldo, Robin, conozco a Ely desde hace mucho tiempo y demasiado bien, y mis ojos solo ven lo que mi corazón proyecta. Creo que necesito pasar más tiempo con otras chicas.

La puerta del elevador se abre y Ely coloca la goma de mascar en mi mano mientras ingresamos al lobby, pero me quedo congelada.

♪ ♪ ♪

Bruce Segundo de verdad tiene una dentadura excelente (brillante, resplandeciente, pareja), casi como si fuera una obra de arte. Pero el arte nunca surge de casualidad. Sus padres son dentistas y, aparentemente, las mejores dentaduras de las publicidades en la estación de Ronkonkoma en el Metro de Long Island son las suyas. Y su buen hijo prodigio solo compra goma de mascar sin azúcar. Bruce Segundo es el chico *Orbit*. Ely es la perra *Dentyne*, que prefiere los dulces baratos y bien azucarados.

–¿Desde cuándo compras *Orbit*? –le pregunto a Ely sin desenvolver mi goma de mascar. En su lugar, me llevo a la boca un *Tic-Tac* de mi propia reserva.

–Desde que Madonna comenzó a escribir libros para niños. ¿Qué te importa?

Di un paso hacia atrás para no terminar estrellándolo contra la pared. Naomi de la ☠ sal de dondequiera que estés.

Me importa porque, mmm… Ah sí, claro, ¡BRUCE SEGUNDO ES MI NOVIO! O era. O algo de eso. Quiero decir, no creo que realmente me importe que Bruce esté a punto de no seguir siendo mi novio, a menos que ya no lo sea y seamos tan indiferentes a la relación que ni siquiera nos molestemos en tener un escena específica para terminarla. Lo que sí realmente me importa es que mi mejor amigo haya sido la razón de eso. Tal vez, cuando Ely me confesó que había besado a Bruce Segundo, yo reaccioné con un "sí, lo que digas". Esa indiferencia era mentira. Es como cuando Ely dice: "Bueno, me alegra saberlo porque yo nunca lo haría contigo", y me río. Mentiras de indiferencia para protegerme del dolor.

Para poder estar en la órbita de Ely, una tiene que tomar decisiones. *Sí, Ely, realmente tendrás una oportunidad con Heath Ledger. No, Ely, nadie piensa que eres un idiota cuando caes ebrio sobre la acera y tus amigos te llevan a tu casa. Tú eres diversión, diversión, ¡DIVERSIÓN! Ely, claro que es broma que quiero dormir contigo. ¿Por qué querría arruinar nuestra amistad de esa manera?* Una tiene que dejarlo creer en su versión fantasiosa de la realidad, para poder preservar la institución de Naomi y Ely.

Maldito Ely por hacerme trepar en su ⬡ para sobrevivir a nuestra amistad.

Pero si me escapo de allí, ¿a dónde puedo ir? ¿Qué queda para mí? Ely puede atrapar a otros chicos en su telaraña cuando él quiera, siempre y cuando yo siga siendo su cen◉tro. Su reina.

No puedo creer estar llegando a esto.

–¿Por qué regresaste a tu apartamento realmente? –le pregunto–. Porque apenas saliste de allí, vi que tu pene estaba como "mmmm, nena, tú y yo, vamos a tener una estupenda noche llena de acción y diversión".

–Goma de mascar –me contesta. Bingo.

Miento todo el tiempo, pero odio que me mientan a mí.
👂 👂 👂

Si tan solo Bruce Segundo hubiera preferido la goma de mascar *Wrigley* y no la *Orbit*. Básicamente, cuatro de cada cinco dentistas pueden asegurar que sus hijos que prefieren Wrigley son heterosexuales. Es probable que tres de cada cinco dentistas le repitan a una paciente heterosexual que sus hijos permanecerán en el clóset hasta que hayan entendido por completo su sexualidad. No hay necesidad de poner los nombres de esos chicos en la Lista de No Besar®.

Bruce, el que ya no es mi novio, no tiene idea de dónde se está metiendo. En cierto modo, siento lástima por él. Probablemente no tenga ni la menor idea de que, cuando comienza la cacería de chicos, lo único que le preocupa a Ely es capturar a alguien, sin importar lo que realmente atrapa. Y yo no voy a ser la ❶ en advertírselo. ❶ vez en el tren, traté de advertirle a Bruce ❷ sobre mí, pero, en cambio, terminamos besándonos. Calificaría nuestra química con una 👎. Que Bruce entienda a Ely por su cuenta. Buena suerte con eso.

Sigue adelante, Naomi. No reacciones. No te delates.

Mientras nos acercamos al área de descanso, donde se juntan los que no duermen, me miro en el espejo del lobby. Vaya, *soy* preciosa. Qué desperdicio que Ely no lo note (al menos no lo nota en el sentido "guau, Naomi está tan buena que me excita demasiado", sino en el sentido "guau, esos tacones que elegí para Naomi combinan muy bien con su vestido"). Realidad: si mi pequeño vestido negro luce maravilloso en mí es porque mis caderas tienen *su* cinturón, y si mi rostro brilla es por el resplandor de Ely a mi lado.

Probablemente, Ely tenga razón. Lo más cerca que alguna vez estaré de hacerlo es si me acuesto conmigo misma. De hecho, lo intenté, pero masturbarme me toma demasiado tiempo y no tiene resultados muy satisfactorios. O, tal vez, lo esté haciendo mal. Mi ética de trabajo duro siempre ha sido débil.

Nunca entendí por qué lucir atractiva tiene que estar relacionado con el sexo y conquistar a alguien. ¿Qué pasó con la ilusión, con la seducción, con el verdadero amor? ¿Puede ser que una persona se vea atractiva sin la necesidad de que eso signifique algo? Llámenme una perra anticuada, pero todavía estoy esperando el verdadero amor. Incluso si es una fantasía difícil de alcanzar.

No cometeré el error de dejar que la belleza (la mía o la suya) decidan lo que debo sentir por un hombre. Esa mierda de amor a primera vista *no* sirve. Mi papá vio una foto de mamá en una revista y se enamoró antes de siquiera conocerla. Cuando era pequeña, él solía pasar más tiempo fotografiándola que tomando imágenes que, se suponía, mantendrían a nuestra familia unida. Pero la fascinación por su apariencia solo duraría un tiempo. Al final, papá dejó a un lado el mito de la belleza para reemplazarlo por la lesbiana que está cruzando el pasillo. Incluso quería dejar a mamá por ella, pero luego la lesbiana recordó que era lesbiana y papá, simplemente, se tuvo que marchar. Desde entonces, mamá decidió ocultar su belleza debajo de las sábanas.

No creo que el hecho de que papá hubiera elegido a una lesbiana por encima de ella sea lo que dañó el sentido de feminidad de mamá. Creo que, en realidad, fue perder su matrimonio por culpa de una mujer que en algún momento llamó "amiga".

Los jugadores de póquer detienen el juego al verme entrar al lobby con Ely. En silencio, nos detenemos para poder admirar a Gabriel que entrega las cartas a los que no pueden dormir. Claro que sí, definitivamente estaría con *él* (¿quién no?), pero está en el segundo lugar en la Lista de No Besar®, y YO RESPETO LOS LÍMITES.

Sue reconoce el peligro cuando lo ve.

—Naomi, ¿tu madre sabe que saldrás tan tarde? —sospecho que lo pregunta por cómo estoy vestida y no por la hora en sí.

—Sí —le miento. Mamá se quedó dormida luego de la dosis de medicamentos que toma desde que papá se marchó.

Por suerte, el médico le dejó de recetar las píldoras para dormir, pero Bruce Primero no sabía eso cuando le entregó toda su reserva secreta a cambio de que ella le lavara la ropa, luego de que su hermana se rebelara y le dijera que debía dejar de ser un bebé de mamá y aprendiera a hacerlo por su cuenta de una vez por todas.

Ahora también lavo la ropa por mamá. No es algo que me moleste hacer, ella es muy buena separando la ropa blanca de la de color. Pero no importa cuántas tandas de ropa lave o cuántas cenas le prepare, o las noches que pase acurrucada en la cama a su lado, nunca puedo hacerla sentir mejor. Desearía poder ser esa hija de oro que se merece.

El Sr. McAllister se levanta del sofá de cuero, con la revista *Vogue* del mes pasado en sus manos. *Pervertido.*

–Buenas noches –dice, saludando con la cabeza camino al elevador.

–¡Espere! –le grito. La puerta del elevador se vuelve a abrir antes de cerrarse por completo y volteo hacia Ely–. ¿Estás seguro de que no olvidaste otra cosa en tu apartamento?

Se lo ve tan culpable. Deseo mucho ser capaz de odiarlo.

–¿Como qué? –dice entre dientes.

–Algo como tus pelotas, para que le hagan compañía a tu pene.

–¡La boca, jovencita! –me regaña Sue, haciendo un gesto en dirección al dulce Bruce Primero, quien tiene al chihuahua de la Sra. Loy entre sus piernas. Chicos de preparatoria. Tan puros e inocentes. Tan patéticos, pero aun así, irresistibles. Me rompe el corazón haberle roto el corazón. Me mata.

Está bien, que así sea. Distracción, muchísimas gracias por haberte sentado en el lobby en mitad de la noche. No, no *esa* distracción. Gabriel juega en las ligas mayores, y no estoy en ese nivel, todavía soy un equipo de los suburbios. Atención: bateador emergente. Bruce Primero, al campo de juego.

Ely puede comprar sus tragos por su cuenta esta noche. Una chica como yo no debería ser tan □. Es hora de cambiar de estrategia. ¿Por qué el □ no podría ser un ♦ en su lugar, o cualquier cosa o persona que me ayude a escapar de la mentira del cen◎tro?

–¿Qué dices, Naomi? –pregunta Ely.

–¿Subes o no? –pregunta el Sr. McAllister desde el elevador.

–¡No! –contesta Ely y la puerta del elevador se cierra. Abro la boca con honesta y duradera sorpresa.

–Lo que quiero decir es que espero que lo pases bien esta noche con quienquiera que me estés ocultando. Cambié de parecer. Privilegio de ser una chica. Vamos, Bruce. Saquemos a pasear a Cutie Patootie. Tú y yo. No quiero ir a esa estúpida fiesta de la Universidad de Nueva York contigo, Ely.

En principio, las estúpidas fiestas de la UNY fueron las que nos pusieron en esta situación. El verano pasado, nuestro primer semestre en la universidad, asistimos a una fiesta en el dormitorio de Robin. Ely y yo éramos la sensación del karaoke "Canta-y-fuma con *High School Musical*", cuando comenzamos a cantar *Breakin' Free* juntos. Nuestra rutina estaba muy bien ensayada, ya que habíamos preparado nuestros papeles la primavera pasada para el festival de la escuela. Yo actuaba como Troy, y Ely, como Gabriella. Esa noche, yo bailaba y cantaba la parte de Troy, *We're breaking free!* y Ely, caracterizando a Gabriella, debía dar un giro y cantar a todo volumen *We're soaring!* para terminar juntos con un grito: *Flying!*, pero, sin razón alguna, Ely se marchó sin cantar su parte. Al parecer, algún Troy de la vida real cruzó miradas con él y requirió su atención de inmediato.

La gente cree que la belleza es una bendición, pero, en algunas ocasiones, no lo es. Como en las fiestas de la universidad, donde tu mejor amigo gay te deja plantada por un chico lindo y cualquier otro muchacho de la fiesta está muy intimidado como para acercarse a hablarte. Ahí apareció Bruce Segundo. Más adelante, me contó que jamás pensó que tendría la oportunidad de estar con alguien como yo y que se dijo a sí mismo: "¿Por qué no arriesgarme a hablarle? Tal vez, podríamos ser amigos". Se sentó junto a mí mientras yo todavía me encontraba molesta por el abandono de Ely.

"Tú sabes, la gente cree que Ginger Rogers era la pareja de baile favorita de Fred Astaire. Pero eso no es verdad. Él siempre dijo que su pareja favorita era Rita Hayworth".

Debí haber estado muy ebria como para no entenderlo en ese instante.

"Siempre creí que su favorita era Cyd Charisse", le dije, con dificultad para hablar.

Nunca he visto ninguna de las películas de baile de Fred Astaire; solo estaba repitiendo algo que mi abuela me dijo alguna vez. No es que eso me impidiera hablar sobre Fred/Ginger/Rita/Cyd con Bruce por unos quince minutos. Pero luego no soporté más el tema aburrido y me acerqué rápidamente a Bruce. Hora de distraerlo con mis besos.

¿Qué puedo decir? Me gustaba Bruce Segundo, el estudiante de Contabilidad. Además, fue un noviazgo muy tranquilo. Sin presiones. Sin prejuicios. Siempre estaba disponible cuando Ely no tenía tiempo.

Y sé que ahora debería estar furiosa con Ely y preguntándome si yo fui la razón de la orientación gay de Bruce Segundo, pero, si bien estoy a punto de salir con Bruce Primero, lo que siento en realidad es: *por favor, Bruce Segundo, por favor. No te lleves a Ely lejos de mí.*

–Tienes que estar bromeando –me dice Ely–. Incluso para ti, Naomi, esto es horrible. ¿Te quedarás allí parada, con mi cinturón, diciéndome que prefieres salir con Bruce Primero y ese estúpido perro de mierda?

Mi otra parte está pensando: *regresa a tu apartamento, Ely. Vete a la mierda y desaparece. Encuentra lo que estás buscando ya que, claramente, no es a mí. Quería que tú fueras mi primera vez, Ely, y te burlaste de mí. No lo hice con Bruce Segundo cuando él intentó ser mi primera vez, no solo porque sentía que él lo quería hacer simplemente para demostrar que podía estar con alguien como yo, sino también porque yo quería que la primera vez fuera especial. Que fuera un momento para compartir con alguien que amo, más que con alguien que me gusta. No tenía por qué implicar que tú dejaras de ser gay o que yo estuviera enamorada de ti. Tampoco que simplemente fuera para vengarme de Ginny, porque lo único que ella odiaría más que saber que tú te acostaste con una chica sería saber que esa chica es la hija del hombre con el que se acostó ella.*

–Sí –le contesto a Ely. Espero que las palabras las reciba como una bofetada–. Y no insultes frente a los niños.

No puedo creer que estamos teniendo esta conversación tan estúpida, y tampoco puedo creer que la prolonguemos tanto.

–Además, ¿cómo sabes que Cutie Patootie es estúpido? ¿Existe alguna prueba de CI para los chihua…?

–Su nombre es Cutie Pie, no Patootie –me interrumpe Bruce Primero, levantándose de su asiento con rapidez. El perro comienza a ladrar y a mover la cola de felicidad, listo para salir a trotar afuera.

Bruce Primero. *Primero.* Le voy a enseñar a este chico lo que es tener una buena noche. Y no será del tipo superficial que lo único que tiene son cócteles rosas y chicos lindos toqueteándose. No habrá ninguna fiesta esta noche, ni bebidas, ni tampoco rituales de baile al ritmo de Madonna y Kylie Minogue aparentando que me gustan, y no habrá ninguna aventura de Naomi y Ely. Me voy con Bruce y ese perro a otro lugar, que todavía no sé cuál, pero que seguramente será más agradable y saludable. Tal vez, a algún grupo de estudio de la Biblia para personas que sufren de insomnio, o a andar en patines en un club para menores de 18. O, quizás, al dormitorio de Robin-mujer para jugar al *Pictionary*.

Vamos a actuar a nuestra manera, no bajo las reglas de una Manhattan sofisticada y llena de excesos.

En esta ciudad, todo es muy rápido. Al igual que Ely. Incluso mis latidos se aceleran. Necesito aminorar la marcha.

–Solo para que los dos podamos entender la posición que estás tomando, Naomi, te voy a preguntar esto por única vez. ¿De *verdad* no quieres salir conmigo esta noche? ¿O estás mintiendo? –me pregunta Ely.

–No –le miento; sobre qué, no estoy segura.

Pero sí lo estoy de una cosa. Hazte a un lado, Donnie Weisberg, donde sea que estés, y deja lugar para un nuevo nombre en la Lista de No Besar®: *Ely*.

El ganador, como siempre.

Ely

DERRIBADO

Les aseguro una cosa: esa fue la última vez que le ofrezco goma de mascar.

Aquí estaba, pensando que todos esos pilares de nuestra amistad se encontraban en una hilera firme. Pero resulta que terminaron convirtiéndose en dominós. Y lo único que hacía falta para hacerlos caer era un paquete de goma de mascar.

Está mintiendo. Estoy seguro de que está mintiendo. Pero si no va a admitir que está mintiendo, esto no se ve muy bien.

Dominó. Dominó. Dominó.

–Estás mintiendo –le digo.

Dominó.

–Tú también –replica.

Dominó.

–¿Muchachos?

–Sí, Bruce –le contesta Naomi con un tono bastante molesto. Me sirve de consuelo saber que no soy el único que se siente de esa forma.

Cutie Pie comienza a ladrar con mucha energía. Tal vez, todas estas mentiras le hicieron tener ganas de orinar.

–Nada –le contesta Bruce Primero.

Cutie Pie ahora actúa como si King Kong estuviera soplando un silbato para perros.

–¿Lo ves? –me dice Naomi–. Incluso Cutie Patootie sabe que estás mintiendo.

–Cutie Pie –la corrige Bruce, otra vez, y por un milisegundo siento que me cae bien. No es capaz de defenderse a sí mismo, pero por lo menos ahora defiende al perro.

Naomi hace una mueca con su boca como si estuviera imitando a Madonna, quien, a su vez, personifica a la Reina de Inglaterra.

Mientras tanto, Cutie Pie comienza a tirar de su correa para alcanzar la puerta, y puedo jurar que Naomi lo está mirando como si estuviera manteniendo una conversación sobre mí con el perro.

–Estás actuando muy raro, Naomi –le digo finalmente.

–Y tú simplemente estás *actuando*, Ely –replica.

Me lo dice una chica que disfrutaba ser la reina del drama antes de tener la edad suficiente para ir a *Diary Queen*.

No tengo ninguna intención de ver cómo la noche se hace añicos contra el suelo. Quiero salir, pasar un buen rato, tranquilizar a Naomi y volver a mi habitación para estar con Bruce. No veo ninguna razón para no hacer todas esas cosas.

–Mira, ¿todo esto es por Bruce? –supuse que sería mejor si habláramos sobre eso en lugar de desperdiciar toda nuestra energía evitando el tema.

–¿Conmigo?¿Qué es lo que ocurre conmigo? –le pregunta Bruce-el-que-está-abajo-con-nosotros.

–Tú no –le contesta Naomi–. El otro Bruce.

Noto que Bruce se pone un poco contento al saber que él es el principal.

–¿Él también viene? –pregunta.

–¿Por qué no le preguntas a Ely? –le sugiere Naomi con un tono amargo y quebradizo. Amargadizo.

–¿Podemos irnos? –sugiero.

Pero, al parecer, Bruce Primero quedó muy atrasado en la conversación.

–Esperen, ¿qué ocurre? –pregunta con ingenuidad–. ¿No estaba contigo, Naomi? Lo vi subir hace un rato.

Oh, Dios mío. Justo tiene que elegir este momento para ser Enciclopedia Brown.

–¿Es verdad eso, Bruce? –le pregunta Naomi, quien luce como si estuviera a punto de acariciarlo como a un perro.

–Naomi… –le digo.

–Sí, vino hace algunos minutos –continúa Bruce.

–Escucha, Naomi –insisto. Muy pocas situaciones se pueden salvar con una explicación. En este caso, no me dejará siquiera explicarle.

–Bien –dice, suspirando–, parece que el Coronel Bastardo está en la habitación de Ely con un candelabro. ¿O con un látigo, Ely?

–No creo estar siguiendo la conversación –indica Bruce. Al menos, Cutie Pie, que ya está callado, parece haberlo entendido todo.

No quiere perderse ninguna palabra.

–Escucha –le contesto con firmeza–, iba a salir contigo de todas formas. Él puede esperar. Sabes que tú eres mi prioridad máxima.

–Oh, eso es brillante, Ely. Es *súper* brillante. Me hace sentir *halagada* que pongas mis necesidades por sobre las de *mi novio*.

Bien, si quiere jugar así para derribar los dominós, permítanme hacer lo mismo.

–Bueno, *Naomi*, creo que sería más adecuado decir que ya no es más tu novio.

–Oh, diablos, qué estúpido fue de mi parte creer que *alguien me avisaría* –me dice llevándose la mano a la frente. Esto ya es suficiente.

–Sabes que ninguno de los dos planeó que esto ocurriera. Es como aquello que pasó con Devon Knox.

–Ely, Devon Knox era heterosexual. Tu capricho amoroso no contaba. Y eso ocurrió hace tres años.

–Su nombre estaba en la lista.

–Lo olvidé, ¿está bien?

Atrás: El Inspector Bruce.

–¿Qué ocurrió? –pregunta.

–Escucha, Bruce, ¿puedes dejarnos solos por unos segundos?

Recordemos, la ciudad tiene el número 311 para llamar por reparaciones y otras mierdas, el 411 para saber el número de teléfono de alguien y el 911 para llamar a la policía o al departamento de bomberos o paramédicos. Por eso, propongo añadir el 711 para que, si te encuentras atrapado en el lobby de un edificio discutiendo irracionalmente con una de tus mejores amigas y el tonto de su flacucho exnovio (y con el atractivo conserje mirándonos), puedas marcar tres simples dígitos con el fin de que envíen a una persona cuerda para que te ayude a explicar lo que está ocurriendo. En este momento, mi mejor apuesta es el perro, quien parece tener ganas de orinar otra vez.

–Está bien –le dice Bruce Original a Cutie Pie con una voz infantil e irritante–. Brucy te va a sacar a hacer pipí.

Cutie Pie parece querer destrozarle la garganta a Bruce por hablarle de esa manera. No lo culpo. He perdido muchas erecciones por escuchar a alguien hablar de esa manera.

Me quedo tan perdido mirando la resistencia del perro que casi no escucho a Naomi decir: "Ely, ya no puedo seguir con esto". Aquí vamos. Momento de la verdad.

La miro directo a los ojos, pero ella se voltea hacia un lado, por lo que me adelanto para poder estar frente a frente.

Estoy seguro de que no quiere oír esto, pero debo hacerlo de todos modos.

–Naomi, me gusta. Lo digo en serio –listo. Ya lo dije. Aunque no parece creerme ni una sola palabra.

–¿Por eso lo escondes en tu habitación? –me pregunta–. ¿Porque te gusta mucho?

–¿De verdad quieres saber por qué lo escondo?

–¿Por qué? –me pregunta, aunque desearía que no lo hubiera hecho.

¿Por qué?

–Porque te temo a ti.

Es verdad. Así es. Siempre ha sido así.

–Bueno, yo también te temo a ti, maldita sea.

Nos quedamos mirándonos a los ojos por un segundo, pero Bruce nos interrumpe.

–Escuchen bien, ustedes dos… tal vez deberían relajarse por unos segundos.

–¡CÁLLATE, BRUCE! –le gritamos a la vez.

Bueno, por lo menos coincidimos en algo. Herido, Bruce comienza a alejarse con Cutie Pie.

–Vamos, Cutie –dice–. Vámonos. Al parecer, no somos bienvenidos aquí.

Oh, grandioso, ahora herimos los sentimientos del niñito.

–Voy contigo –le dice Naomi–. *Quiero bailar con alguien que me ame.*

Mierda. ¿Expreso la verdad desde el fondo de mi corazón y tú me arrojas una frase de una canción de *Whitney*?

–¡DIVIÉRTANSE! –les grito mientras se alejan.

Todos los dominós cayeron. No hay ninguna respuesta, solo el eco de los pensamientos de Gabriel, el atractivo conserje de medianoche, deseándoles unas buenas noches mientras salen del lugar. Luego, el sonido de la puerta al cerrarse y el elevador detrás de mí subiendo hacia el piso de alguien. El resto, silencio.

Me toma un segundo recordar que Bruce todavía está esperándome en mi clóset.

Y que él me gusta mucho.

Robin (♀)

VILMA

Esto es lo que amo de la gente de la gran ciudad. Siempre aparecen en tu dormitorio en medio de la noche, sorbiendo sus conos de helado de 31 sabores y con un chihuahua entre sus brazos. Incluso te preguntan si quieres jugar al *Pictionary* en la sala de estudio, como si toda esa escena fuera algo normal. En Schenectady, les aseguro, esto no pasa. Allí uno tiene dos padres (hombre/mujer), quienes por lo general están juntos y entrarían en pánico si los amigos de sus hijos aparecieran en su casa en medio de la noche. La chica de la gran ciudad llega con la intención de querer jugar un juego de mesa, pero en realidad lo hace para hablar sobre la pelea que pudo haberle costado su mejor amigo. Ah, y tampoco olvides mencionar que la acompaña un muchacho que luce como un granjero, con el cuerpo del increíble *Hulk* y la cara del niño de *Cuento de Navidad* que pegó la lengua en el palillo del helado.

Sabía que sería emocionante mudarse a Nueva York, sabía que valdría la pena que mamá y papá obtuvieran una segunda hipoteca sobre nuestra casa para pagar mi educación en la UNY. Lo que no sabía era que tendría que esperar a estar en el segundo año para que, por fin, comiencen a ocurrir cosas interesantes. El primer año, básicamente, giró en torno a evitar las fiestas universitarias y observar cómo la diáspora de Long Island y Nueva Jersey se volvía loca durante el primer año lejos del control de sus padres. Yo simplemente observaba esa locura, porque, ya sabes, soy como Vilma, la chica con un corte taza que usa el suéter hasta el cuello. Soy la investigadora y no el objeto de estudio. No soy la más delgada ni la más linda, buena onda o ruidosa, pero me puedo adaptar fácilmente, como toda chica de Schenectady. Soy la que fue responsable durante todo su primer año de universidad y estuvo en la lista de los mejores promedios. Soy quien pasaba su tiempo estudiando y participando en el periódico escolar, o aprendiendo la diferencia entre, digamos, un chico raro-pero-lindo de la universidad llamado Robin, con quien vale la pena entablar una conversación en el Washington Square Park, y un simple tipo que quiere venderte drogas o a Jesús en ese mismo lugar. Ya sabes, cosas simples.

Pero luego llegó el segundo año. Ahí fue cuando la chica de Schenectady conoció a Naomi de la calle 9 Oeste. Para ella no era necesario sumarse a la locura del primer año, ya que había crecido en el corazón de la Greenwich Village. Esa experiencia, seguramente, habría sido algo demasiado anticuado para alguien que ya lo ha visto y vivido todo. Estoy muy segura de que es así.

Pero esto es lo que más me preocupa de ella. Naomi es tan dura como toda chica de ciudad que no se permite llorar, aunque sea evidente que quiera hacerlo. En cambio, se recuesta sobre el sofá de la sala de estudio lamiendo las chispas en su cuchara cubierta de helado *Jamoca Almond Fudge*, con un perro llamado Cutie Pie o Cutie Patootie, no estoy muy segura, que toma una imprescindible siesta sobre su panza. No logro distinguir si el movimiento de su barriga se debe a que está conteniendo sus ganas de llorar o a los ronquidos del perro. Naomi se queda mirando el techo sin expresión alguna mientras su último apéndice, que aparente-mente responde al nombre de "Bruce Primero", se sienta en la silla frente a ella, repitiéndole una y otra vez que Ely tuvo la culpa de la discusión. En una de sus manos tiene un cono de helado rosa sabor *Pink Bubblegum*, y en la otra, el control remoto del televisor para cambiar entre los canales de de-portes en ESPN y la repetición nocturna de *El Show del Dr. Phil*. Noto que cada vez que alguien menciona el nombre de *Ely,* un tic involuntario aparece en su rostro.

Grandioso. Amo Nueva York.

–Entonces ¿eso significa que tú y el otro Bruce termina-ron por completo? –le pregunto a Naomi.

Ese chico era demasiado agradable y aburrido para alguien como Naomi. Ella está totalmente fuera de su alcance. Es in-teresante saber que ese es el tipo de muchacho que suele ele-gir. Eso es lo que pasa cuando el único chico que realmente quieres es el único que jamás querría tenerte a ti.

A mí no me preocupan mucho las citas. Aunque, en realidad, existe el problema de que nadie me invita a salir, pero trato de no tomar eso como un verdadero *problema,* sino más bien como una *solución*. Las Vilmas del mundo no hacen pasantías en CNN ni esperan ser admitidas en la Escuela de Periodismo de la Universidad de Columbia luego de recibirse con honores en la Universidad de Nueva York, ni tampoco esperan ser nominadas para el Premio Pulitzer por involucrarse tanto en dramas sentimentales. Ese es un problema para las Daphnes del mundo. Daphne, perra, ni siquiera puedes conducir la maldita camioneta.

–Eso creo –murmura Naomi, y veo que tensa la mandíbula tratando de reprimir el llanto. Quiero tomarla de la mano y decirle que todo estará bien, pero las tiene ocupadas con el helado y el perro, y en verdad, *no* creo que todo vaya a estar bien entre ella y Ely–. Definitivamente, sí. Bruce Segundo es historia –agrega mientras una lágrima involuntaria le cae por la mejilla y entonces comprendo que esa lágrima lleva el nombre de "Ely", no de "Bruce Segundo".

–Oye, Bruce Primero –lo llamo y suena tan gracioso viniendo de mí. Ninguna persona en Schenectady llamó alguna vez a alguien de esa manera. Al menos no en mi vecindario. Me alegra tanto no haber viajado a casa este fin de semana; aunque de verdad extraño la lasaña de mamá y las presuntuosas quejas de mi papá sobre el valor de la cuota universitaria–. Me llamo Robin y soy amiga de un estudiante de Cine también llamado Robin. ¿No es padrísimo?

–*¿Padrísimo?* –me pregunta sorprendido–. *¿Padrísimo?* Solo para saber, ¿de dónde eres?

–¡Schnectady!

–¡Guau! –me contesta, pero no estoy segura de si se está burlando o no le gusta que le hablen de otra cosa que no esté centrada en Naomi. Estoy *segura* de que su tono sugiere demasiada arrogancia para un chico de preparatoria que se encuentra en un dormitorio de la Universidad de Nueva York. Incluso para un niñito que creció en la Calle 9 del Oeste.

–Déjanos solas –le ordena Naomi a Bruce Primero.

Su arrogancia ya fue suficiente. Bruce Primero se pone de pie rápidamente y toma al perro.

–Creo que finalmente estoy listo para irme a dormir.

–¿Todavía estás aquí, Bruce Primero? –le dice Naomi, incorporándose, y le señala la puerta con un chasquido–. ¿No acabo de decirte que nos dejaras solas?

Y, en un instante, desaparece. Ahora, toca analizar a Naomi en mayor profundidad.

–Entonces, ¿Ely dijo que te tenía miedo? Vaya uno a entenderlo –ahora que está a solas conmigo, comienza a llorar.

–Ely... traición... ¿cómo pudo haber besado a Bruce...? Él era todo para mí... Ely, ¡no Bruce Segundo!, ¿a quién le importa ese Bruce? Ahora estoy sola por completo... Sabía que en algún momento ocurriría... ¿Cómo pudimos sobrevivir a nuestros padres, a mis mentiras, a su completa falta de deseo hacia mí y a mi *no* falta de interés por él? Aun así... diablos... [llanto, llanto, llanto]... lo amo, como amigo, como hermano o como lo que sea... claro, ya habíamos peleado en otras ocasiones, pero esta vez es diferente... simplemente lo es, Robin... es como si se hubiera roto la sagrada confianza...

[llanto, sollozo, llanto, sollozo]… ¿Tienes un pañuelo que sea de marca? Porque los genéricos que tienes aquí son muy ásperos para mi piel… No, no estoy mintiendo… [encuentro un pañuelo de los que quiere y se lo entrego, se suena la nariz, llanto, llanto, se vuelve a sonar la nariz]… gracias, Robin… eres la amiga más cercana que me queda ahora… Naomi y Ely, por el momento, no existe.

Pienso que debería mandarle un mensaje de texto al otro Robin para avisarle que Naomi está aquí; él quiere grabar un documental sobre ella y llamarlo "Niña atractiva en la ciudad", pero rodar escenas de ella en este momento tan vulnerable sería demasiado triste y seguramente tendría un exagerado tono melodramático, por lo que decido no hacerlo. En cambio, me siento a su lado y la dejo llorar sobre mi hombro. Ya está, ya está, chica de ciudad. Por Dios, su cabello huele tan bien. Es raro, porque las Vilmas no se supone que tengan esta clase de *problemas*, pero mi corazón comienza a latir cada vez más fuerte cuando presiono a Naomi contra mí, y no significa que deseo tener un romance lésbico universitario, sino que siento que ella tiene cierto efecto magnético en las personas. Ahora entiendo por qué el otro Robin la persigue por todos lados para filmarla a ella y no a mí. Fascinante.

Vaya, el poder de los gemelos de nombre realmente puede activarse. La figura del Robin varón aparece en la entrada de la sala como si supiera que yo lo estaba llamando. Viste una camisa hawaiana azul que me hace sentir como si pudiera oler las flores estampadas sobre ella. La esencia dulce e imaginaria que emanan esas flores puede provocar que una Vilma se comporte al estilo de una Daphne ebria. *Aloha.*

–¿Qué onda? –pregunta.

Qué extraño, siento que tengo la boca seca, pero no servirá que tome agua, porque en realidad tengo antojo de *degustar* algo. Seguramente es una suerte que no sea una chica a la que le gustan las fiestas y que la única soda que mi estómago puede soportar sea el *ginger ale.* Cerca de mi casa hay un lugar que se llama Lost Dog Café que prepara el mejor *ginger ale* del mundo con jengibre fresco. Tienes que ir hasta Binghampton para conseguirlo, pero realmente vale la pena el viaje.

–¿Dónde está tu otra mitad? –le pregunta a Naomi mientras observa detenidamente la habitación–. ¿No es como una especie de ley que cada vez que tú sales por la noche, Ely tiene que estar contigo?

Sus ojos azules, iluminados por su camisa, se tornan más brillantes al ocurrírsele una idea.

–Oye, tengo conocidos en el piso doce. Tú da la orden y traeré la máquina de karaoke para que tú y Ely puedan hacer la rutina de *High School Musical* otra vez –baja la mirada hacia su bíper–. Puedo conseguir a las personas y los accesorios necesarios, si sabes a lo que me refiero, para que tal vez ocurra algo aquí.

Di que sí, Naomi, pienso, *por favor, di que sí. Con el otro Robin aquí, hay una grandiosa y salvaje fiesta esperándonos.*

–De ninguna manera –le contesta Naomi–. Ese tipo de fiestas de porquería en este dormitorio fueron la principal causa de todos estos problemas.

Maldición. Robin resopla.

–Nadie en el piso de Bruce pudo entender jamás cómo una chica como tú terminó besándose con un estudiante de Economía como él en la fiesta del semestre pasado.

–Estudia Contabilidad –lo corrige Naomi.

–Oye, ni siquiera conoces a tu propio novio. Bruce estudia Economía como carrera principal con una *posible* especialización en Contabilidad. Aún no se ha decidido porque también le interesaría estudiar Antropología.

–Escucha –le contesta Naomi–, creo que ya no me tiene que importar un demonio lo que haga, porque Bruce no es más mi novio.

–Tiene sentido –asiente en señal de comprensión–. Tú estás totalmente fuera de su alcance. Todo el mundo lo dice. Pero, en serio, espero que no haya caído en un pozo depresivo luego de la ruptura, porque estaba a punto de pedirle que me ayude a estudiar para mi...

–Cállate la maldita boca, Robin –interrumpe Naomi–. ¿Acaso no ves que estoy de luto? Muestra un poco de sensibilidad.

Dios, me encanta esta chica. Le resulta tan fácil hablar con los chicos, no sé cómo lo hace. Parece como si hiciera milagros.

–Sabía que tendría que haber bajado con la *Súper 8*

–susurra Robin–. El rostro de Naomi llorando por Bruce se habría vuelto un clásico.

–Por Ely. ¡Ely! –le grita Naomi, pero el momento de locura se ve interrumpido por la vibración de su móvil. Se seca las lágrimas del rostro, avergonzada, y toma el teléfono. Levanta la mirada hacia mí y noto que se tranquiliza–. Mensaje de texto. Es Gabriel, el conserje atractivo.

Ese conserje *sí* que es un buen espécimen para observar, incluso para una Vilma como yo, que por lo general no le prestaría atención a esas virtudes en una persona; quiero decir, que no compararía de manera tan superficial a un chico con los miembros de *Aerosmith* (el baterista no, los otros dos), que aún gozan de ese encanto sexual radiante, no importa qué tan viejos sean. Podría aspirar a ser una Daphne si dijera que me atrae esa clase de tipos, o ese chico Gabriel, o incluso el otro Robin. Sería una Daphne de *Albany* para cualquiera de esos chicos. ¡Guau!

–¿Te escribes con el *conserje*? –le pregunto a Naomi. Puede que ahora, oficialmente, la comience a idolatrar.

–Sí, pero no le digas a Ely. En este momento, Gabriel ocupa el puesto número dos en la Lista de No Besar®.

Lágrimas, hola de nuevo.

–¿Estarás bien? –le pregunto, abrazándola.

Asiente con la cabeza recostada sobre mis senos, quiero decir, sobre mi suéter, sollozando una y otra vez. Luego levanta su rostro de diosa y me observa con su mirada resplandeciente por las lágrimas en sus mejillas.

–El turno de Gabriel acaba de terminar y se dirige al bar de la Avenida B –comenta Naomi–. Toca en una banda llamada "The Abe Froman Experience" y su recital comienza en una hora aproximadamente. Creo que eso será mucho más divertido que cualquier fiesta universitaria que hagan aquí.

–Creí que querías estar un poco más tranquila –le recuerdo, tal como lo debe hacer una Vilma.

–*Brrruuuummmm* –me contesta–. ¿Quieren ir, Robins?

¡Claro que sí!

Grandioso.

Bruce Segundo

MUTANTE

¿**Q**ué hago dentro de este clóset?

Seguramente, cuando Ely me dijo que no me fuera, no quiso decir que me quedara aquí dentro.

¿Cierto?

Luego de unos buenos dos minutos (sí, conté hasta 120), salgo sin cerrar la puerta detrás de mí. Volteo y veo todas esas camisas lindas de Ely. Lucen como si estuvieran hechas de papel de regalo.

Yo, en cambio, compro ropa de *Gap*. Ni siquiera tengo el cuerpo para usar las remeras normales de *Abercrombie*. Además, tengo solo tres pantalones que compré en *Banana Republic*.

¿Qué hago aquí? Estoy seguro de que Ely no está jugando conmigo. Confío en él. Lo que sí siento es que la *vida* se está riendo de mí. Esto no puede estar bien. El Guionista Cósmico hace que todo esto luzca como una broma.

Ely nunca se enamoraría de un chico que usa una camisa de *Gap* y unos pantalones de *Banana Republic*. Especialmente si es talla L.

Y yo nunca me enamoraría de un chico que fuera… bueno… *un chico*. Ese era el guion, ¿no? Quiero decir, siempre estuve a favor de enamorarse de la persona y no de su género…

pero nunca creí que yo mismo estaría en esa posición. No voy a mentir: hace un tiempo, les confieso que pensé en la idea de estar con un chico, pero luego la hice a un lado. Hasta que ocurrió esto; solo que esta vez no planeo ignorarlo.

Sé que debería marcharme, simplemente irme, porque basta con solo cruzar una línea muy corta para que un simple error se convierta en un gran error y, probablemente, deba usar el sentido común antes de llegar a esa situación.

Pero claro, *usar el sentido común* no tiene ningún sentido. Mis sentimientos están felices aquí. O lo estarán cuando él regrese.

Me pregunto si debería seguir escondido. Me recuesto sobre el suelo para ver debajo de la cama, tal vez pueda caber allí.

Y así es cómo la descubro.

La madre de todas las colecciones.

A primera vista, no lo descifro muy bien. Al ver todos esos envoltorios plásticos debajo de la cama, mi primera reacción es: *¿en verdad esconde su pornografía en tan buenas condiciones?*

Estiro el brazo y tomo uno de los envoltorios.

No puede ser.

Pero sí, lo es.

Al parecer, tiene cada uno de los cómics de los *X-Men* que se publicaron en los últimos diez… no, veinte años. No veo ninguno de los *spin-off* desesperados, solo los de la historia principal. *Wolverine, Jean Grey, Emma Frost.* Mmmm… *Emma Frost.*

Para mí, los X-Men fueron los héroes centrales que marcaron mi infancia. Antes de ellos, siempre me habían gustado los superhéroes más convencionales, como Superman o Batman, que tenían sus alter egos "normales" (sus vidas como Clark Kent y Bruce Wayne, para esconderse), pero los X-Men eran diferentes. Ellos eran tal cual uno los veía. Wolverine no podía afeitarse, ponerse un traje e ir a trabajar a una imprenta. Rogue no podía tocar a nadie, ya fuera en la escuela o en la guerra. Cíclope no podía sacarse las gafas y asistir a una fiesta elegante. No, ellos eran mutantes todo el tiempo. Sus poderes y debilidades siempre estaban al descubierto.

Eso era lo que me atraía de ellos.

Nunca me permitieron coleccionar cómics. A mi mamá no le gustaba que acumulara cosas. Me decía que debía donarlos a niños pobres que no tenían ningún cómic para leer. ¿Cómo podría discutir contra eso?

Ely, claramente, tiene otra filosofía.

Dejo los cómics en su envoltorio de plástico, no me atrevo a manosearlos. Al menos, no sin preguntar primero.

En cambio, me quedo admirando sus portadas con escenas dibujadas por Jim Lee, en las que aparecen todo tipo de mutantes. Incluso, algunos de ellos tienen pegado un sticker con forma de estrella. Sin duda alguna, los favoritos de Ely.

¿Quién lo habría imaginado? Debajo de esas camisas extravagantes hay un corazón de X-Men. Asombroso.

Estoy tan fascinado que no oigo los pasos ni la puerta abrirse. Pero siento una presencia en la habitación, por lo que levanto la vista desde mi lugar y veo a una de las mamás de Ely observándome.

–Hola –saluda; no parece para nada sorprendida al verme.

–Hola –le digo, levantándome del suelo.

–No, no, quédate allí. Estoy segura de que estás esperando a Ely. Siéntete como en tu casa.

Y eso es todo. Voltea y se marcha, lo que me hace preguntar si esto ocurre muy seguido y por qué todavía sigo aquí.

Quiero decir, ya sé que Ely se acostó con muchos chicos. Naomi me ha hablado mucho sobre cómo es en ese sentido. Siempre que estábamos juntos, alardeaba en su nombre. No solo en lo referido al sexo, sino sobre cualquier cosa. Por lo que entendía, para él los chicos eran desechables. Pero Naomi y Ely se defendían a muerte. No había forma de competir contra eso, por eso la dejaba hablar sin acotar nada. Siempre la dejaba hablar. Y casi siempre era sobre Ely.

¿Todos se sienten así? Quiero decir, ¿esta es la manera en la que siempre se dan las cosas?

Es como si me estuviera uniendo al "Club de los enamorados de Ely". Cientos de miembros dispersos por la gran zona metropolitana. Todos los años se reúnen para comer y comparan sus corazones rotos.

Pero ¿cuánto tiempo lo esperan ellos en este tipo de situaciones? ¿Una hora? ¿Dos? ¿Toda la noche?

Se supone que ni siquiera me gustan los chicos.

Pero sí, aquí estoy.

Me acuesto en el suelo y cierro los ojos. Puedo escuchar el sonido del televisor en una habitación cercana (tal vez sea su mamá o alguien en el apartamento de abajo). Si yo puedo escucharlos, ¿ellos también me pueden oír a mí? En este momento, no soy nada más que latidos y pensamientos. Inquietud o tranquilidad. Ninguna de las dos.

–Podrías haber usado la cama, sabes.

Abro mis ojos y me encuentro con el rostro de Ely sonriendo encima de mí. Es tan atractivo que no puedo evitar amarlo, temerle, detestarlo y quererlo.

–¿Qué hora es? –le pregunto. ¿Me quedé dormido? ¿De verdad estoy despierto?

–Solo me fui por diez minutos . ¿Me extrañabas?

–Sí –le respondo, sin pensarlo.

Por favor, que esto no sea un juego. Por favor, que esto no sea un juego. Porque si lo es, estoy seguro de que perderé.

Me reincorporo y él se sienta junto a mí. Enseguida noto que su aliento huele a *Orbit*. Pero luce un poco triste, aunque trata de ocultarlo.

–¿Dónde está Naomi? –le pregunto.

–Salió sin mí. Tiene una cita con Bruce Primero.

Vaya, esas sí son noticias. Si uno separa a dos personas que, por lo general, están casi siempre fusionadas como un átomo, es inevitable que ocurra una explosión. Pero Ely trata de no hablar de eso.

–Veo que encontraste mi colección –me dice, señalando debajo de la cama.

–Es *magnífica* –le digo efusivamente y, con eso, comienzo a sumar puntos extra.

–¿Te gustan los X-Men? –me pregunta, ignorando todo lo que acaba de ocurrir con Naomi para centrarse en mí.

–¿Estás bromeando? Cuando tenía nueve años mandé una solicitud para asistir a la escuela del profesor Xavier –respondo–. Le puse una estampilla al sobre y lo coloqué en el buzón. Hice todo lo necesario. Claro que no recibí ninguna respuesta, pero el año siguiente lo volví a intentar, una y otra vez.

–Parece que ya cubrieron todas las vacantes para *queers*.

Me siento un poco extraño al oírle decir eso. No creo que sepa que todo esto es terreno nuevo para mí.

–No estoy seguro de haber puesto eso en la solicitud –le comento–. Pero sí, tal vez tengan maneras de descubrirlo.

Ely se queda mirándome y siento sus ojos como si estuvieran tocándome.

–¿Y de qué otra manera eres un mutante? –me pregunta.

Algunas veces la atracción es la única cura verdadera que uno necesita.

–No lo sé –comienzo, pero sí sé lo que estoy por decirle–. Le temo al número seis. Tengo un tercer pezón microscópico que me habría convertido en una bruja en la época medieval. Puedo doblar la lengua. Nunca pude arrojar bien un frisbee, no importa qué tanto me esfuerce. Y trato de evitar los alimentos rojos.

–¿Incluso aquellos que solo tienen un poco de rojo?

–No, tienen que ser completamente rojos. La pizza está bien, pero los tomates, no tanto.

–Ya veo –asiente en señal de comprensión. Me alegro que "vea" eso, aunque en realidad me interesa que se dé cuenta de las ganas que tengo de besarlo ahora mismo–. Naomi nunca me contó que eras así de mutante.

Naomi. Ese sonido que oyes es mi alma destrozándose contra el suelo.

–Por cierto, ¿a dónde fue? –le pregunto.

–Realmente no lo sé –suena molesto al decirlo, incluso lastimado. Pero luego trata de ocultarlo–. No puedo decir que me importe, prefiero mucho más estar aquí contigo.

–¿En serio? –no sé por qué, pero fue lo primero que se me ocurrió preguntarle.

–Ya imagino lo que debes estar pensando de mí.

–Naomi me contó algunas historias –le explico.

–Estoy seguro de eso. ¿Alguna buena?

–En realidad, no –le contesto–. Quiero decir, aquella en la que el asistente del profesor te cantaba *Don't You Want Me* en el BBar fue algo divertida. Pero aquella en la que un chico quería que le escribieras tu número de teléfono en su pene con un marcador, no tanto. Y todavía no estoy muy seguro de por qué aquel tipo te dio el jarabe de arce. Creo que, sinceramente, me gustas mucho más en persona.

–Son divertidas. Siempre me gustó mucho más la versión de Naomi. Soy mucho más interesante cuando ella cuenta algo sobre mí.

–Bueno, tal vez estés equivocado –le digo.

–Bueno, sí, tal vez lo esté –me responde, mirándome a los ojos.

Simplemente nos quedamos sentados allí, y no es que el aire esté lleno de energía sexual, pero tampoco está vacío. Es solo… un momento normal. Estamos viviendo en tiempo real.

–¿Y de qué manera *tú* eres un mutante? –le pregunto.

–Bueno –comienza–, mi cráneo está hecho de titanio. Poseo la capacidad de leer la mente de las personas y de dividir los mares. Puedo hacer que mi brazo izquierdo sea invisible si estoy usando azul. Solo necesito una hora para dormir por las noches. Y también tengo un tercer pezón.

–¿Tu cráneo está hecho de titanio?

–Sí, ¿quieres ver? –me dice inclinándose hacia mí.

Y ahora *sí* puedo sentir esa energía. Ese primer choque eléctrico. Luego, la sorpresa de que haya ocurrido. Toco su cabello y su cráneo por debajo, toda esa suavidad y solidez.

Con las manos en su cabello y los dedos tocando la parte posterior de su cabeza, me doy cuenta de que esto no es amor.

Pero temo (y me fascina) que pueda serlo.

Desearía que mi corazón también fuera de titanio.

Naomi

MAÑANA DE LUTO

Entonces, tal vez me encuentre sentada en una banca del Washington Square Park inmersa en los latidos de la ciudad que nunca duerme. Quizás esté yo sola aquí, con algunos corredores entrenando, varios trabajadores intentando alcanzar el 🚆, unos pocos vagabundos, todos nosotros viendo cómo el amanecer comienza a iluminar el Empire State y el centro de la ciudad en la distancia.

Pero yo sé qué es lo distinto. Todo el resto es un fantasma. Estoy sola en mi existencia, perdida por elección. Abandonada.

Soy como Cristóbal Colón. Encuentro una isla y me apropio de ella. Por medio de este acto, la declaro parte de mi propiedad.

Tal vez esta banca-isla *solía* ser el lugar en donde nos sentábamos con Ely cerca del amanecer, luego de alguna fiesta, antes de volver a casa. Hace algún tiempo, este *fue* el lugar en el que hizo que pusiera mi cabeza sobre sus piernas para acariciar mi cabello (o viceversa), el lugar en donde creamos nuestra isla privada para esperar a que todas las sustancias de la noche desaparecieran antes de regresar a vivir la pesadilla que nuestros padres crearon. En un universo paralelo de Naomi y Ely, este *podría* ser el lugar en el que, si una de las partes de la ecuación no hubiera besado a mi novio, Ely estaría persuadiéndome ahora mismo de tomar una siesta a la luz del amanecer. También colocaría una manta sobre mí para protegerme y ahuyentaría a cualquier tipo que se atreva a mirarme con ojos perversos. (Claro, yo le echaría la misma mirada de "Vete al diablo" a cualquier tipo gay que se atreva a sonreírle a Ely. Suelto los mejores gruñidos. Al final, algo de talento tengo).

(Quizás Ely no hacía lo mismo con los tipos que me miraban. Tal vez, simplemente, yo quería que lo hiciera).

¿Así es como se siente el divorcio? ¿Un completo fracaso? Puede que papá se haya marchado hace un año, aproximadamente, pero recién ahora logro comprender por qué el único momento en el que mamá se levanta de la cama es cuando tiene alguna obligación. Todavía falta firmar algunos papeles oficiales, pero la palabra "divorcio" se arrastra lentamente, burlona, hacia el refugio que construyó en la cama matrimonial. Mamá sabe que las palabras "adulterio" y "separación" se abrieron paso hacia su cama. "Divorcio" también lo hará, cuando llegue el momento.

Hasta entonces, optaré por dormir en esta banca en lugar de la cama.

Los fines de semana, cuando estábamos en la preparatoria y el infierno mismo se cernía sobre nuestros padres, con Ely nos refugiábamos en su habitación para jugar un juego llamado "Volver al pasado". Creíamos que el final de la década de los 90, antes de que todo el infierno se desatara sobre Nueva York y el resto del mundo, era una buena época para revivir. Por eso nos pasábamos todos nuestros domingos de flojera en su habitación, escuchando las primeras canciones de *Britney*, la época intermedia de las *Spice Girls* y lo último de las chicas del festival *Lilith Fair*, o mirando DVDs de dramas adolescentes que solían salir al aire por Warner Bros. Me encantaba recostarme entre sus almohadas, tenían ese aroma tan propio de él. Podía sentir esa comodidad y masculinidad tan reconfortante.

Seguramente, en este momento, Ely y Bruce Segundo se encuentren envueltos entre las sábanas de esa cama. Solo pasaron un par de días, pero Ely no pierde el tiempo cuando está de cacería (en especial, si hay grandes chances de hacer una anotación para su equipo). ¡Qué desafío! ¡Qué divertido! ¡No hay tiempo para una mañana de luto! No en este momento cuando Ely, seguramente, esté riendo y besándose con Bruce Muerto para Mí, sin pensar que *eso* suyo es como si me estuvieran apuntando con un revólver en la cabeza.

La 🔑 que estaba debajo del tapete de mi apartamento, la llave de Ely, ya no está allí. Los monstruos debajo de mi cama deberán encontrar a alguien más para que los espante. Los servicios de Ely ya no son requeridos. De todas formas, no necesito mi cama. Tengo esta banca para sentarme y ocultarme. Catatónica. Tomen *eso*, monstruos. Nunca más me quedaré despierta, acostada en mi cama, en esas noches de soledad deseando estar con Ely.

Me siento como mamá, perdida en la isla de negaciones. Aunque no pienso terminar como ella. No, claro que no.

No puedo mentir. Mi isla desierta no está solo poblada por mí y por fantasmas. También hay un arcángel merodeando cerca.

Pero hay algo que quiero saber. Trabaja en la noche como conserje, juega al básquetbol antes de entrar al trabajo y, ocasionalmente, cuando sale temprano de su turno, toca con su banda en el Alphabet City… Y yo me pregunto, ¿en qué momento *exactamente* duerme Gabriel?

Si fuese él y fueran las siete de la mañana, si apenas hubiera salido de trabajar y no tuviera que cerrar la noche en el Alphabet City, no estaría sentada en una banca del parque escondiendo mi cara debajo de una gorra de béisbol, aparentando leer un libro. Estaría ~~zzzzzzzzzzz~~. Como mínimo, estaría acurrucada al lado de mi mamá, lista para ~~zzzzzzzzzzz~~, algo que planeo hacer ni bien pueda arrastrar mi trasero hasta el Starbucks de Waverly Place para regresar a casa con un café matutino para mamá.

Pero primero tengo que averiguar por qué Gabriel está jugando conmigo.

Sé que sabe que estoy sentada a tan solo un par de metros de él, y también sé que está sentado allí porque yo estoy aquí. Sé que debe estar confundido por haberme visto en su concierto y que no le haya dicho ni una palabra. ¿Sabrá que me fui del bar y regresé al dormitorio de Robin (♀) porque, aparentemente, aún no había terminado de llorar? Me hubiera gustado poder quedarme y pasar el rato con él, pero más que eso, quería regresar en el tiempo para evitar la pelea del fin del mundo con Ely.

Estoy segura de que Gabriel no está realmente leyendo *El mensaje*. También sé que alguien tiene que rescatarlo de esas noches de póquer con Bruce Primero.

Debería levantarme, acercarme a él y romper el hielo de una vez por todas. Relacionarme.

Con Ely *solíamos* tener la Lista de No Besar®.

Gabriel ahora está libre. No solo podría besarlo, sino que también podría ir mucho más lejos. Podría hacer realidad todas las fantasías que tenía Ely con él, de maneras que nunca tuvo la oportunidad de experimentar.

Si mal no recuerdo, con Ely nunca creamos la *Lista de No Follar*, ¿cierto?

(¿Deberíamos haberlo hecho?).

Ya no hay más posibilidades, ¿verdad?

Mamá dice que no se puede confiar en los hombres.

No puedo.

Pero debería.

Gabriel tiene orejas grandes.

Yo no.

Me quedo sola en mi 🏝. Sin nada que 🔊.

Pero ya basta de hablar sobre mi isla desierta. Ahora que Ely dejó de ser mi mejor amigo, mi alma gemela, la verdad es que voy a tratar de averiguar qué hacer con mi vida. La universidad es una pérdida de tiempo. Tal vez me dedique a practicar alguna religión. Probablemente, me convierta al ✡. Tienen la mejor comida.

Desde su isla, Gabriel debe haber escuchado mi estómago rugir y hace la primera jugada, iluminando mi isla con un mensaje de texto a mi móvil.

`¿Puedo comprarte el desayuno?`

Algunas veces, grandes trozos de hielo, del tamaño de ciudades enteras, se desprenden de inmensos glaciares y se transforman en icebergs majestuosos (o terroríficos, si te encuentras a bordo del *Titanic*) que flotan a la deriva.

Sé que me voy a arrepentir de esto, pero lo hago de todas formas.

Le respondo el mensaje:

`¿No se supone que me tendrías que haber preguntado eso anoche y no hoy por la mañana?`

El muchacho con la gorra de béisbol no levanta la vista, pero veo que escribe otro mensaje:

`Un caballero le muestra más respeto a una dama.`

Estoy aburrida. Esto no tiene sentido. Ya no me queda nada.

Si no fuera una dama, probablemente sería ~~Bruce~~ riendo y besando a Ely en la cama ahora mismo.

No le respondo.

Pero el hermoso muchacho de orejas grandes bajo su gorra de los *Mets* no se dará por vencido:

```
Vamos. Huevos, tocino, patatas fritas
caseras. Yo invito.
```

Realmente, estoy un poco hambrienta. Le respondo:

```
Prefiero cereal.
```

No le escribo la parte del mensaje que dice "con Ely". Me duelen mucho los dedos como para escribir esas palabras.

El arcángel quiere saber:

```
¿Cuál?
```

Le miento:

```
Product 19.
```

En realidad, me gusta comer los *Rice Krispies* con Ely al otro lado de la mesa (de su apartamento) con sus *Lucky Charms*. Incluso, algunas veces, hacemos guerra de comida: ¡Snap, Crackle y Pop! vs. corazones rosas, lunas amarillas, estrellas naranjas y tréboles verdes. El caos total. A Ginny le agarra un ataque de ira por todo el desastre, pero Susan se ríe y arroja su cereal como confeti.

Gabriel responde:

```
Soy más del tipo Müeslix.
```

Estoy segura de que Gabriel también sabe quién era la compañera de baile favorita de Fred Astaire.

```
¿De verdad? Era necesario preguntar.
```

Veo que comienza a reír disimuladamente en su isla.

```
No, solo me aseguraba de que estuvieras
prestando atención. Me encantan los
Cheerios.
```

Los *Cheerios* son los cereales favoritos de reserva de Ely cuando se nos acaban los *Lucky Charms* (que comemos por la tarde sin remojar).

Mi cuerpo duele y mi alma está de luto. Una sonrisa intenta aparecer en mis labios pero: ACCESO DENEGADO, ACCESO DENEGADO. No voy a ser la chica con el corazón de piedra que espera que un peculiar chico agradable con el corazón de oro la destroce. Al diablo con esa fórmula de fantasía.

Quisquillosa. Eso es lo que me mandaría Ely por mensaje ahora, su palabra favorita para provocarme y ahuyentar mi mal humor. *Déjalo ir. Sé un ángel, Naomi, sé que puedes.*

Quiero que me toque un ángel.

Su nombre era Ely, no Gabriel.

Mi corazón está 🔒.

Prefiero desayunar con mamá.

Le envío un último mensaje a Gabriel:

`Me siento mal. Vuelvo a casa.`

Ely nunca se levanta antes de las ocho. Si llego cuanto antes, podremos evitar completamente vernos cara a cara. Ya nos hemos dejado de hablar hace rato, no hay problema con eso.

Aun así, todavía quedan algunas cosas por acordar, como quién usará el elevador, la sala de lavandería, el lobby, y en qué momento lo hará. Separados pero iguales. Muertos el uno para el otro.

No habrá ninguna 🚩 esta vez.

Ely

SEMANI-
VERSARIO

Me doy cuenta de que las cosas se están tornando un poco retorcidas cuando me digo a mí mismo que sería mejor si ella estuviera muerta. De esa forma, podría quedarme con todos esos buenos recuerdos y sentirme realmente triste; todos lo entenderían y podría avanzar, amándola para siempre. No tendría que hacer nada al respecto, porque sería irrevocable. Hay algo conmovedor en eso.

Pero claro, en verdad no la quiero muerta. Me alegra saber que está viva. Son solo esos buenos recuerdos los que están muertos.

La palabra *botado* ni siquiera describe la situación. Creo que si vamos a usar una metáfora con la basura, *incinerado* sería la más apropiada.

No sé si ella quiere verme muerto, pero sí ha dejado bien en claro que desearía que no exista.

No usarás el cuarto de lavandería los sábados.

Observarás a través de la mirilla para asegurarte de que no estoy en el pasillo antes de salir a tomar el elevador.

Irás a buscar tu correspondencia si me ves esperando el elevador en el lobby.

Caminarás directo hacia el elevador si me ves revisando mi correspondencia.

Evitarás los siguientes Starbucks: Astor Place (el de la esquina, no el que está cerca de St. Marks), Broadway entre Bowery y Houston, Universidad entre la Calle 8 y 9.

Y la lista continúa. Solo que no las escribió de esa forma, sino algo así:

No uses el cuarto de lavandería los sábados.

Observa a través de la mirilla para asegurarte de que no estoy en el pasillo antes de salir a tomar el elevador. Yo haré lo mismo.

Si me ves esperando el elevador en el lobby, busca tu correspondencia: camina directo hacia el elevador si ves que estoy revisando mi correspondencia. Yo haré lo mismo.

Estos son los Starbucks a los que me gustaría ir; por favor, ve a otros.

Para entregarme los mandamientos envió a Bruce Primero, quien lucía un poco avergonzado. No se los mostré a Bruce Segundo porque sabía que solo lo harían sentirse más culpable y triste. Ya se sintió de esa manera por suficiente tiempo.

Estoy atrapado en la incomprensión. No entiendo por qué hace esto, ni tampoco cómo es que algo que se ha mantenido unido con tanta firmeza durante tanto tiempo puede derrumbarse tan rápidamente. Quiero decir, no por un chico.

La llamé. Sí, lo hice. La mañana siguiente, esa tarde y al día siguiente.

Pensé que necesitábamos calmar todo y volver a ser como antes.

Pero, en cambio: *incinerado*.

No iba a mentirle y decirle que lo lamentaba; no había ninguna razón para que le pidiera perdón, excepto por lo que ocurrió con Bruce Segundo, pero estaba muy seguro de que esto no era por él. Y lo más gracioso es que, aunque no lo crea, Bruce y yo no fuimos, de pronto, compañeros de condones. No, esa primera noche nos quedamos con toda la ropa puesta. Y cuando nos fuimos a dormir… no sé describirlo. Se sintió como si alguien hubiera dejado una luz encendida. Podía ver ese pequeño resplandor.

Ahora ha pasado una semana y, para ser honesto, si tuviera que considerarlo un aniversario, diría que es el *semaniversario* de la incineración de Naomi y Ely, y no de la relación entre Bruce y Ely. Nunca fui alguien que se tome las cosas con calma (o sea, ¿por qué esperar?), pero debido a la pelea con Naomi, con Bruce estamos avanzando bastante lento. Tan lento como el tiempo en un hogar de ancianos. Todavía hay mucho movimiento de labios y muy poco de caderas.

Estoy siendo cuidadoso con él, incluso sin saber por qué. Supongo que simplemente siento que debo serlo.

Aún no me invitó a su dormitorio y no sé si es porque no quiere que la gente se entere de que está saliendo con un chico o porque no quiere que sepan que ese chico soy yo. En verdad, no me importa. Mi cama es mucho más cómoda que cualquiera de la universidad (ya he probado varias). A Naomi le gustaba mucho más.

Salimos para cenar en Chat 'n Chew y ver una película en la Union Square. Al salir del cine me dice que al otro día tiene clases por la mañana, por lo que decidimos terminar la noche en ese momento. Cuando llegamos a la puerta de su dormitorio tenemos ese dulce momento en el que él, sin duda, quiere darme un beso de buenas noches, aunque aún está demasiado nervioso como para hacerlo. Por eso, decido acercarme lentamente y apoyar mis labios sobre los suyos. Es un momento breve, porque todavía es muy tímido para todo esto y no parece gustarle mucho la idea de besarse con un chico en público, en donde, por lo general, todo se hace para mostrar la relación y presumir de ella. Con Bruce, en cambio, importa mucho más el beso. No sé cómo lo hace. No sé cómo logra hacer eso *conmigo*.

Admito que aún no lo entiendo. Mientras camino de regreso a casa me siento feliz y excitado al mismo tiempo. Pero, ni bien ingreso al lobby de nuestro edificio, todos esos sentimientos maravillosos desaparecen y me dejan herido, con resentimiento y furia. Incluso si Naomi no estuviera allí, sentiría eso mismo por el simple hecho de que ha vuelto mi hogar en mi contra y lo ha embrujado con todo sus problemas. Pero como Naomi *sí* se encuentra allí, me quedo paralizado por el resentimiento y la ira que siento.

Está revisando su correspondencia. Conozco cuál es la regla para este tipo de situaciones. Sé que debo dirigirme directamente hacia el elevador.

Pero yo nunca acepté esas condiciones. Nunca pidió mi opinión.

Le asiento a Gabriel al pasar, pero está demasiado concentrado en un libro como para notarlo. Luego retiro mi llave para abrir el buzón y camino hacia el pequeño cuarto de la correspondencia.

–¿Qué haces aquí? –me pregunta, ni bien doy un paso allí dentro. Ni siquiera voltea para decirlo. Simplemente se queda mirando su buzón, aunque noto que lo hace con furia.

–Reviso mi correo –le digo con tranquilidad.

–Que te la den –cierra su buzón de un golpe y me enfrenta.

–Lo siento –le digo señalándole el anillo imaginario en mi dedo anular–. No puedo, ya estoy con otro.

Soy consciente de que fue una respuesta muy de perra, pero del lugar de donde yo vengo, ese tipo de insulto no merece una respuesta amable.

–Te dije que no hicieras esto –agrega.

–No –la corrijo–, tú no me *dijiste* nada. Decir algo implica *mover los labios*. Tú *escribiste una lista* que enumeraba las cosas que no debería hacer. Y déjame agregar que eso es demasiado infantil, y no en el buen sentido.

Ya la he visto así de infeliz en otras ocasiones. Nunca por un chico. Pero sí por su madre y mi madre, la ausencia de su padre y la muerte de su abuelo. Cada uno de esos momentos de tristeza contenía diferentes niveles de furia. Este que ocurre ahora mismo está en la cima de la escala.

—Vamos, Naomi —le digo—. Esto es absurdo.

—Oh, sí, para morirse de risa.

—No quise decir eso.

—*Absurdo*.

—Escucha…

—No, *tú* escucha —me interrumpe—. Lo arruinaste todo. Lo arruinaste *por completo*. Realmente lograste que me creyera toda esa historia del "Culto a Ely" que creaste. Pero ¿sabes qué? Ya he devuelto mi tarjeta de membresía. Ahora voy a seguir con mi propia vida, porque estoy cansada y harta de compartir una contigo. No eres bueno para mí, Ely. Me has decepcionado tantas veces. Voy a colocarte en el primer puesto de la Lista de No Besar.

—*Siempre* debí estar en el primer puesto de tu lista. O sea, ¡*dah*! —no puedo creer esto—. No se trata solo de no besarnos, Naomi. Dame un respiro.

—Oh, claro que te daré un respiro. Uno bien despejado. Hace mucho tiempo que ya me harté de tu mierda, tus dramas y tu despreocupación. *¿Cómo te atreves?* Entras aquí luego de haberte follado a mi novio hace una semana y simulas buscar tu correspondencia cuando ambos sabemos que Ginny es quien la recoge todos los días cuando vuelve de su trabajo y, encima, lo haces quedar como si todo esto fuera *mi* culpa. Haberte dicho "que te la den" no es suficiente, Ely. Y, por sobre todas las cosas, ¡llevas puestos mis malditos jeans!

Definitivamente, esto es la incineración, porque me siento intensamente acalorado y completamente en llamas.

–¿Quieres tus jeans de regreso? Bueno, aquí los tienes –le grito. Me quito los zapatos sin desatar y uno de ellos golpea la parte baja de los buzones. Luego me arranco el cinturón, desabrocho los botones de la braqueta y me quito el pantalón. Lo hago un bollo y se lo arrojo a la cara–. ¿Contenta? ¿Eso es lo que querías?

Comienzo a llorar y a sentir que todo está mal. Lloro porque no quiero que esto ocurra y aun así está pasando, e incluso se siente como si tuviera que pasar. Estoy tan triste y furioso (incluso también resentido y herido) que Naomi queda paralizada. Arroja el pantalón al suelo y me dice que soy un imbécil antes de marcharse y abandonarme allí, llorando en ropa interior. Luzco como un gran idiota, el más furioso y desconcertante objeto de incineración, y no hay nada que hacer más que esperar a que el elevador baje, esperar a que se marche, dejar pasar el tiempo suficiente para que suba y entre en su apartamento. Y luego tomar la misma ruta, solo que mucho tiempo después, como si sirviera de algo. Pienso que podría dejarle los jeans en su puerta, pero termino optando por llevarlos conmigo y arrojarlos de una vez por todas en el vertedero de la basura. Ninguno de los dos los usará ahora. Es mejor si desaparecen.

Si se incineran.

Kelly

BINGO

ivide y vencerás es una estrategia militar bastante exitosa y también un paradigma de diseño algorítmico. Varios estrategas militares teorizaron que sería más fácil vencer a un ejército de 50.000 hombres y luego a otro de 50.000 que derrotar a uno solo de 100.000. El combate sería mucho más beneficioso si se dividiera al enemigo en dos facciones y se las venciera una por una. En cambio, como una técnica de diseño algorítmico, el principio de *divide-y-vencerás* alude a dividir un problema en problemas más pequeños para resolverlos de manera recursiva. De esta manera, las soluciones parciales de esos problemas se combinan para brindar una solución al problema general. Cuando la unión toma menos tiempo que la solución de los dos subproblemas, surge un algoritmo eficiente.

Naomi y Ely, probablemente, están demasiado centrados en sí mismos como para notarlo, pero parece que optarán por la versión militar de *divide y vencerás* dentro de nuestro propio edificio, aunque dudo que cualquiera de ellos sea lo suficientemente inteligente para entender el paradigma matemático. *Yo* apenas lo entiendo, y eso que obtuve un 98% en el examen de Matemáticas PSAT de admisión a la universidad.

El tan esperado colapso de Naomi-Ely ocurrió, al fin, en el lobby de nuestro edificio, pero aún no está todo dicho. No *todos* pasan el rato en el lobby en medio de la noche; algunos de nosotros en verdad dormimos a esa hora. Pero recién ahora está mucho más claro quiénes son los aliados de cada uno por la posición de los asientos en el bingo. Todavía falta ver quién será el vencido y quién, el vencedor.

Al ver cómo se ocupan los asientos en el bingo de esta noche, en el salón de usos múltiples en el subsuelo, los dos bandos parecen estar divididos a la mitad, como si fuera una boda con los familiares del novio a un lado y los de la novia al otro. A la izquierda, en el contingente de Naomi, tenemos a las siguientes personas: el que alquila ilegalmente el apartamento 15B; Bruce, mi hermano gemelo, no el nuevo novio de Ely; el Sr. McAllister, quien siempre se coloca en el lugar en el que estén las glándulas mamarias más grandes; amigos de la mamá de Naomi que son miembros del consorcio, quienes se pusieron de su lado durante la amarga ruptura entre el 15J y el 15K; los residentes del piso catorce, quienes llegaron a la conclusión de que Naomi y su mamá hacen mucho menos ruido que Ely y sus madres; y yo, aunque me considero un coeficiente variable que solo se sienta aquí para proteger a su hermano de ella. Otra vez. A la derecha, en el contingente de Ely, se encuentran las siguientes personas: los miembros de Familiares y Amigos de Lesbianas y Gays de diferentes pisos; Ese Otro Bruce, que para ser un chico vestido con ropa *Gap* se lo ve muy nervioso por estar aquí;

cada caballero en el edificio que cruzó miradas con Naomi en el elevador y se vio rechazado y se dio por vencido (¿por qué mi hermano tiene que ser la excepción? *¡Auch!*); y la Nación Lésbica de Ginny y Susan con sus camaradas con cortes de cabello de clase alta.

He creado un monstruo. Mi única intención al iniciar estas noches de bingo aquí era cumplir con el servicio comunitario obligatorio de la preparatoria. Había pensado que solamente tendríamos un máximo de diez residentes, todos de setenta años, con quienes nos juntaríamos unas cinco veces nada más y nos olvidaríamos de todo esto, y obtendría mis créditos escolares. Pero noooooo. Todos querían unirse al bingo, todos los del edificio, la manzana, el distrito. No contaba con eso y ahora parece que el lugar está infestado de hipsters. ¿Qué ocurrió con eso de que el billar era el entretenimiento preferido para jugar en grupo? Chicos, estoy intentando entrar a Harvard con esto, ¡no iniciar una revolución!

Ella, quien nos guía como el *Che*, no debe ser vencida. La Sra. Loy, la persona encargada de cantar los números del bingo, solo se preocupa por el juego y no por todo el cuadrangular de Naomi-Ely-Bruce1-Bruce2. Ella es fiel a su perro y a mi hermano, quien trata al animal como a una hermana a diferencia de mí, su verdadera hermana. Hace más de novecientos años, mucho antes de que se mudara a Manhattan para casarse con el viejo quién-quiera-que-sea, la Sra. Loy compitió en el Reino Unido para ser la Cantora de Bingo del Año, que es algo así como una competencia muy importante en donde se reúnen todas las personas que cantan los números del bingo para obtener un premio de dinero y la posibilidad de trabajar en Las Vegas, así como también convertirse en el "embajador" del bingo para Gran Bretaña. La Sra. Loy no ganó, pero se la ve mucho más feliz como embajadora del bingo en nuestro edificio luego de tantos años.

–¡Gertie Sucia! –grita. La única manera de reducir la creciente popularidad de nuestro juego es que los jugadores necesiten saber la jerga del Reino Unido. Desde códigos de convivencia hasta códigos del departamento de bomberos.

–¿Qué número es ese? –me pregunta mi hermano gemelo Bruce. Sacó un 35% en su examen PSAT. Su experimento matemático era elegir la opción "Todas las anteriores" cada cuatro preguntas. Este chico necesita dormir bien por una noche. De otro modo, con suerte lo aceptarán en SUNY-Tan-Al-Norte-Que-Probablemente-Te-Encuentres-En-Canadá, *¿eh?*

Le marco el número 30 en su cartón. Siempre tengo que hacer todo por él, y solo soy cinco minutos mayor. El peso siempre recae sobre mí.

La Sra. Loy me señala entre la multitud y me doy cuenta de cuál será el próximo número que dirá. Marco el número 1 en mi cartón antes de que lo diga.

–¡Ojos de Kelly! –grita, y continúa con los números–. ¡Dos Mujeres Gordas!

Y hubiera cantado bingo si el 88 estuviera en mi cartón. Trato de no mirar directamente a las dos con cuerpo de botella, Susan y Ginny, porque habría sido demasiado obvio. En realidad, no son tan gordas, sino que son más bien… *relajadas*; no heterosexuales esqueléticas, como la mayoría de las madres del edificio como mi mamá o la mamá de Naomi. Agradezco que hayan resuelto sus problemas, aunque mis padres votaron en su contra cuando se desató la disputa en el consorcio, porque mamá y papá querían comprar el apartamento de las madres de Ely, que está justo encima de nosotros, y romper el techo para hacer un apartamento de doble piso. Por eso, estoy un poco agradecida con ellas, porque realmente no podía apoyar el plan menopáusico de mamá de adoptar a todo un contingente de bebés con necesidades especiales provenientes de Macedonia una vez que Bruce y yo nos mudáramos para estudiar en la universidad. Mi mamá rompe en llanto cuando el vendedor de Bendel no la reconoce. No creo que pueda soportar la presión.

–¡Variedades Heinz! –ese Otro Bruce en la otra punta de la sala está cerca de ganar. Puedo presentirlo. Acaba de anotar el número 57 en su cartón. Me supera saber que un chico tan dulce y simpático haya quedado atrapado en el conflicto de Naomi y Ely; quiero decir, Ely es atractivo, pero no *tanto* (excepto cuando me compró por mucho dinero el cómic de Gremlin, también conocido como el Hombre de Titanio, en su aparición en el volumen Nº 1 de los *X-Men vs. Los Vengadores*).

Si Ese Otro Bruce canta bingo antes que yo, no me pondré muy feliz. Me pregunto si se sentirá miserable cuando se encuentra atrapado en el elevador con Naomi y Ely al mismo tiempo. El aire es tan frío entre ellos. Tanto que el Hombre de Hielo y Emma Frost tiritan por su silencio.

Mi Bruce señala mi recién llegada hamburguesa y patatas fritas, ya que está estrictamente prohibido comer en las mesas del bingo. Pero, como no solo soy la organizadora de este juego, sino que también arreglo las computadoras de cada uno de los residentes presentes cuando se les rompen, nadie se atreve a decirme ni una sola palabra cuando quebranto las reglas. Por hacer ese trabajo, conozco todos los inmundos detalles de las páginas pornográficas que visitan, de sus adicciones al juego y a las descargas ilegales de música.

–¿Te vas a comer todas las patatas? –pregunta Bruce.

–No.

–¿Me convidas algunas?

–No –le digo manteniéndolas fuera de su alcance. La Sra. Loy prosigue con los números.

–¡Hombre Vivo!

La distracción con mi estúpido hermano por la comida provoca que Ese Otro Bruce me gane al encontrar el número 5 en su cartón.

–¡Bingo! –grita, y ahora sí estoy furiosa. Ese Otro Bruce está alegre y sonriendo mientras agita su cartón en el aire. Voltea hacia Ely y comparten un breve beso de celebración.

No del tipo labio-con-labio, o el de lengua, sino uno rápido en la mejilla. Pero eso ya es suficiente para hacer estallar a Naomi. Apuesto a que duele más que tu ex mejor amigo te robe a tu novio y que eso termine convirtiéndose en verdadero amor, que simplemente perder a un amigo y tu novio por una aventura casual. Sentiría lástima por ella si no fuera una perra que manipula a mi hermano para vengarse. Ahora mismo, parece que quisiera arrojarse hacia la Niebla Terrigen que, para aquellos que no están educados en el universo de Marvel, es una sustancia mutagénica que causa mutaciones, que fue descubierta por un científico Inhumano llamado Randac. Es lo suficientemente fuerte como para provocar mutaciones en cualquier ser vivo que sea expuesto a ella.

Naomi responde al beso volteándose con determinación (lo cual asusta) hacia mi Bruce. Lo toma de la nuca, lo recuesta hacia atrás y *BAM*, una vez más mi hermano olvidó todas las lecciones que le dieron nuestros padres sobre sexo *y* demostraciones desagradables de afecto en público. *Puaj*… Le tendría que haber convidado mis patatas fritas; tal vez eso le hubiera dejado la boca demasiado ocupada para que enrosque su lengua con la de Naomi delante de todos.

Suficiente. Me cansé. Perdí una partida de bingo que estuve *tan cerca* de ganar *y* mi hermano ahora me revuelve el estómago en público una vez más. El Sr. McAllister comienza a repartir los nuevos cartones, pero sacrificaré la próxima ronda para terminar esta competencia sin sentido de una vez por todas.

–¡Naomi! –le grito.

Parece haber olvidado completamente a mi hermano ni bien separó su boca de la suya y se inclina delante de él para agarrar una patata de mi plato.

–¿Qué ocurre, Kelly? –me pregunta, mojándola en el kétchup antes de comerla.

Bruce se encuentra sentado justo en el medio ambas, pero hablo con ella como si él ni siquiera estuviera allí. Creo que, incluso cuando estábamos en la panza de mamá, sabía que esta sería la mejor manera de lidiar con él: ignorándolo. Y si su entrepierna se llega a emocionar un poquito delante de mí luego del contacto con Naomi, le prohibiré jugar esta partida y no le brindaré mi protección de ahora en adelante. Los chicos son tan… tan… *patéticos*.

–Naomi –le contesto–, ¿cómo te sentirías *tú* si alguien que te gusta te hace creer que se encuentran en una relación que en realidad no existe?

Entiendo que debería ser un poco más sutil con mis palabras, pero en verdad no soy la única persona a la que le molesta su comportamiento. Todos en nuestra mesa dejaron de prestarle atención a la Sra. Loy para ver la reacción de Naomi. Parece un barril de pólvora a punto de estallar, una Rogue en potencia, y nadie quiere perderse la transformación explosiva. Es tan… tan… *repugnante*.

Se queda pensando en mi pregunta y le doy crédito por eso. Levanta la mirada para ver a Ely y a Ese Otro Bruce, quienes ahora están mirando atentamente sus cartones para que nadie se atreva a pensar que les afecta el beso de Naomi con mi hermano. *Puaj*... otra vez.

–Tienes razón –responde. Asusta ver lo hermosa que es. Como si sus ojos avellana se hubieran vuelto más profundos y más seductores por las lágrimas que obviamente debieron haber albergado últimamente. Atrae todas las miradas al levantarse de la mesa. Lleva puestos unos jeans con el tiro muy (*muy*) bajo con una remera muy (*muy*) ajustada con la inscripción The Abe Froman Experience que deja el nuevo *piercing* de su ombligo a la vista y tiene a todos los del lado de Ely babeando de tan solo verlo. Dirige la mirada hacia mi Bruce que se encuentra sentado–: Tú sabes que te quiero, ¿no? Pero no de la forma en la que tú quieres que lo haga. Y la rutina de seductora puede volverse cansadora y ya estoy suficientemente exhausta estos días. Entonces, supérame de una vez, ¿está bien, Bruce? Sigue adelante. Y Kelly, te debo las gracias por habernos librado a Bruce y a mí de reciclar este juego una y otra vez. Eres una buena chica y espero que puedas estudiar en Harvard algún día, de verdad lo digo, porque entiendo a lo que te refieres y la respuesta es que se siente como la mierda y no debería causarle ese dolor a otra persona.

No puedo creer que esa zorra mentirosa sea capaz de demostrar tanta compasión de manera tan sincera, y tampoco creo que esté jugando con nosotros. Pienso que, en verdad, tuvo un momento revelador y yo fui quien lo inspiró. Al parecer, su dolor la ha inspirado a tomar un nuevo rumbo. Tal vez, uno mejor.

Pero claro, Ely tiene que arruinar ese momento. *Esa* zorra no puede dejar pasar el extraño momento de Naomi sin echarlo a perder. Voltea hacia el Otro Bruce y le da un beso en *sus* labios, pero esta vez, uno bastante más afrancesado. Incluso la Nación Lésbica parece estar mortificada al ver eso, y el Otro Bruce luce como si se quisiera morir en ese instante por la demostración pública. Oí que él no era gay sino hasta conocer a Ely. Era obvio que Ely llevaría ese momento demasiado lejos y presionaría a su nuevo novio a mostrarse así, tan pronto, no solo fuera del clóset, sino lejos en el mundo feliz del Bingo de la Calle 9.

–Lo comprendo ahora. Ely era la mentira –dice Naomi–. ¡El Starbucks de la calle 6 cerca de Waverly es mío!

Grita, mirando hacia arriba como si estuviera llamando a Dios, pero Señor, ten piedad, ninguno de los jugadores de la habitación entiende exactamente a quién se dirige con esas palabras.

Y habiendo hablado, sale corriendo del lugar. A través de la ventana principal del salón puedo ver que Gabriel está afuera, esperando para consolarla. Esto se convierte en una situación que podría ser *mucho* más escandalosa que la ruptura de Naomi y Ely. Temo mucho por la nueva búsqueda de la verdad que emprende, tanto como odiaba su vieja misión de conquistar a mi hermano.

Naomi

COMPRENDER

o puedo soportar más de un minuto. Simplemente tengo que encontrar la ⮐ , atravesarla e irme lejos. Pero pareciera que, de pronto, hubiera tenido una sobredosis de té de hierba de San Juan, porque no solo no es normal que yo tenga veintisiete pensamientos al mismo tiempo, sino que, definitivamente, es mucho más extraño que escuche cada uno de ellos en el tiempo que me toma salir de la habitación.

① Camina. Solo. Sigue. Caminando. No mires a nadie. No mires al suelo. Concéntrate. Hacia adelante. Solo. Sigue. Caminando.

② Bien, *maldito maricón*, ¿quieres saber lo que voy a hacer? Voy a recuperar a ese chico con el que te estás besuqueando y te ✉ una imagen de él haciéndome cosas que nunca podría hacer con tu 👤. Cada vez que ingreses al elevador voy a asegurarme de que él y yo estemos fusionados contra una pared, dando gemidos que te harán *desear* buscar algo de pornografía. Lo tomaré de su ⬇ y lo alejaré de ti, mientras tú observas cada. maldito. segundo.

③ Esto es demasiado. Está llegando demasiado lejos. Realmente no está ocurriendo.

④ Te mostré lo mío y tú lo tuyo. Kínder. Tal vez, primer curso. Mamá estaba en la otra habitación mirando su telenovela (antes de que nuestras vidas se convirtieran en una). Tenías que hacer pis y yo fui a mirarte. Fue por curiosidad de ver ese único lugar en el que éramos diferentes. Ese único lugar. De otro modo, habríamos estado seguros de ser completamente iguales.

⑤ ¿Estás feliz ahora, Kelly? ¿Tienes lo que querías? Por ✝, no te soporto. Espero que te admitan en tu tóxica universidad prestigiosa y te internes en un laboratorio de física y nunca más regreses.

⑥ Son los zapatos. Si no me hubiera puestos estos zapatos esta mañana, nada de esto habría ocurrido. Los tacones tienen la culpa.

⑦ Yo besé primero a Bruce. La gente parece haberlo olvidado. Lo besé primero. Eso tendría que darme algún tipo de derecho, incluso si termina siendo gay.

⑧ Imprimí cada uno de los correos electrónicos que me enviaste. Y ese año horrible, en el que mamá desapareció y papá se esfumó llorando y gritando, todo lo que podía hacer cuando no estabas en tu casa era ir a mi habitación, abrir la caja en la que los guardaba y leer algo estúpido sobre el traje de terciopelo que llevaba puesto la Sra. Keller ese día en clase y recordar que me decías que la hacía parecer la hija bastarda de Barney, lo cual me causaba mucha gracia porque, a pesar de que el 🌐 se estuviera cayendo a pedazos y nuestros padres hayan vuelto nuestras vidas una ⛈, honestamente, creía que tú eras la familia que necesitaba. Mi futura familia.

⑨ Un número. Estaba a tan solo un número de ganar el bingo.

⑩ B-I-N-G-O. B-I-N-G-O. B-I-N-G-O. *Y se llamaba Bingo*. Lo que me gustaría saber es ¿qué diablos tiene que ver un 🐕 con el juego? Tiene que existir alguna conexión, ¿verdad?

⑪ ¿En verdad acabo de dejar a Bruce Primero, la única persona en esta ciudad que alaba hasta el suelo por donde camino? ¿Qué tiene que sea 🛠? ¿No es suficiente tener a alguien que te adora incluso cuando no eres adorable? ¿No es suficiente amar a alguien porque sabes que te tratará bien? ¿Es necesario que haya atracción sexual? ¿No basta con sentirlo en tu ❤ aunque no lo sientas allí 🔽?

⑫ ¿A quién diablos engaño?

⑬ A mí no, de eso estoy segura.

⑭ Robin (♀) tuvo la idea perfecta. Cuando Robin (♂) le dijo que solo quería que fueran amigos, ella le arrojó su 🍸 en la cara. Simplemente tomó su cóctel y lo derramó sobre su expresión de solo-quiero-ser-tu-amigo. Luego, se marchó furiosa y lo dejó allí para que pague el trago que acababa de vaciarle en el rostro. Creo que la parte que más admiro es la última. (Claro, luego de eso lloró por unos seis días, que eran cinco y medio más de lo que yo podía soportar. Le dije que la única persona con la que un ♂ llamado Robin podría salir es alguien llamado Batman y, de esa manera, podrían vivir en su Baticueva y ♋. Le dije que ella podría conseguir a alguien mejor, aunque probablemente no lo haga. Para eso están los amigos).

⑮ Extraño a papá. Incluso cuando todas estas cosas están ocurriendo, por más que se encuentre a más de tres mil kilómetros de mis pensamientos, aún deseo que estuviera aquí. No solo podríamos volver al momento de la discusión, sino mucho antes que eso, a los buenos tiempos. Sé que él y mamá ahora dicen que esa época, en realidad, no era tan buena, pero lo que me interesa a mí es que yo no lo sabía en ese entonces. Sentía que era buena y, aunque suene egoísta, era suficiente para mí.

⑯ ¿Te acuerdas, Ely, cuando buscábamos lugares para

casarnos? ¿Por cuántos años hicimos eso? Frente al estanque del oso polar en el zoológico de Central Park; en una velada elegante en el Templo de Dendur; en el ferry de Staten Island, con invitados nuevos cada vez que atracáramos el barco al muelle; en la cima del Empire State, antes de que comprendiéramos cuán cliché era eso. Luego, durante agosto, cuando me arrastraste a XXL para coquetear con uno de los strippers, mientras el resto de los normalitos se pegaban a mí… en un momento entre miradas lujuriosas te acercaste a mí para decirme : "Tal vez deberíamos casarnos *aquí*". Y yo me reí porque me pareció gracioso y me alegró saber que volvías a tomarnos a ambos como un "nosotros", en un lugar que no nos trataba de esa forma. Pero me puso triste (realmente triste) saber que no lo estabas diciendo en serio y que nunca lo tomarías en serio. Por más ridículo que haya sido, de verdad quería que te importara.

⑰ Estoy tan cansada de los chicos. Incluso de los que son gay. Especialmente de ellos. Sean felices todo lo que quieran, muchachos, pero cuando llegue el momento, seguirán teniendo penes.

⑱ Mira, allí está Gabriel. Es tan, tan agradable verlo esta noche.

⑲ Ay, Sra. Loy, no me mire como si fuera una ramera. Ya sé que quiere que Bruce Primero sea el *Harold* de su *Maude*, y ahora debería estar completamente agradecida porque lo liberé de las cadenas que lo aferraban a estar enamorado de mí. Tal vez ahora él prefiera a una mujer madura para variar.

⑳ No debería llamarse salón de usos múltiples. Es un salón inútil.

㉑ Ya casi. Ya casi.

㉒ Agradezco no haber dormido con Bruce Primero. Y por *dormir* me refiero a *tener relaciones*. Dormimos juntos muchas veces y estuvo bien. De hecho, la 🛏 era la mejor parte. Agradezco ser lo suficientemente inteligente como para darme cuenta de que el hecho de no tener relaciones con la opción N° 1 para mi primera vez, no es razón suficiente para hacerlo con la opción N° 2.

㉓ Estoy tan cansada. Tan cansada del drama, de extrañar a Ely, de usar mi tiempo tratando de no extrañarlo, o de sentirme tan furiosa. Por él, por mamá, por papá y, básicamente, por todo el universo. Tan cansada de lidiar con las personas, de no conseguir nada de lo que quiero, de que solo las personas equivocadas estén detrás de mí, y tan cansada de querer a las personas equivocadas. Cansada de las 💬 y de más 💬 y más 💬. Cansada de pensar. Cansada de los juegos. Pero si me deshago de todo eso, ¿qué quedará para mí?

㉔ ¿Por qué Gabriel está sonriendo de esa manera? Es como si supiera que la Lista de 🐀 se ✂ a la mitad.

㉕ ¡Peligro! ¡Peligro!

㉖ ¿En verdad tienes algo que perder?

㉗ Ve por ello.

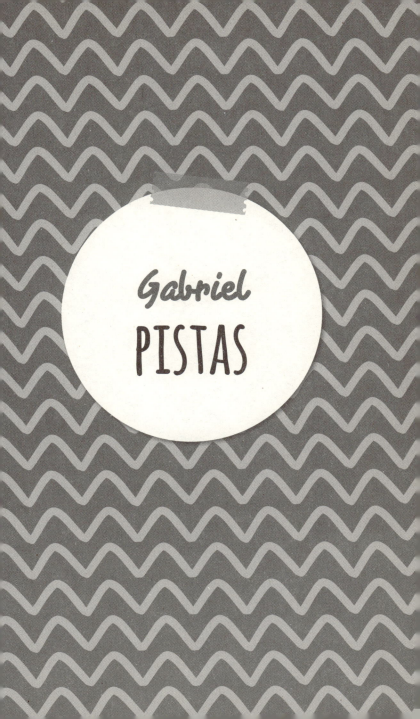

Gabriel
PISTAS

▶ **Pista N° 1**
Chris Isaak: "Graduation Day"

Esta es una canción para nosotros dos: el pasado.

El día que nos conocimos era tu noche de graduación (tuya y de Ely). Lo recuerdo muy bien. Era tarde. Tú y Ely todavía llevaban puestos sus trajes de graduación y recuerdo que estaban destrozados. La fiesta había terminado hacía rato, pero se quedaron acurrucados en el sofá del lobby hasta el amanecer con botellas de champagne a sus pies. Se reían y cantaban. Parecía que creaban canciones mientras hacían una competencia de eructos. Ese era su juego, ver qué tan lejos podría llegar el otro.

Su día de graduación fue mi primera noche de trabajo en el edificio y me preguntaba por qué el resto de los residentes que pasaban por el lobby no se fijaban en ustedes dos; parecía que era normal encontrarlos así todas las noches, dos adolescentes alcoholizados con sus trajes de graduación, eructando, cantando y coqueteando el uno con el otro. Se sostenían con bastante fuerza entre sí y, asombrosamente, no había ningún tipo de contacto sexual. Recuerdo haberlos visto susurrarse secretos.

Escucha, no es ningún secreto que sea un conserje desastroso. Todos en el edificio lo saben. Los beneficios de trabajar en el turno noche es que muy pocos residentes están despiertos para ver mi incompetencia. Sé que me confundo al hacer entregas y que pronuncio mal algunos nombres. Intenta *tú* decir, a las cuatro de la mañana: "No, no hay ningún paquete de DHL, UPS o FedEx aquí, Sr. Dziechciowski". También llamo a los apartamentos equivocados, envío a los chicos del delivery a los pisos de arriba para que entreguen los sándwiches de bistec a los Singhs o los sándwiches BLT a los Lefkowitzes… antes del amanecer un sábado por la mañana. Lo lamento. Y tampoco olvides a esas personas que dejo pasar a mitad de la noche que venden hierba o algún tipo de jueguito sexual. Y por favor, no me pidas que te cuente todo lo que hace la congregación de insomnes en el lobby, porque no me interesa. Simplemente prefiero estar detrás del escritorio, tranquilo, luciendo genial. Eso sí lo sé hacer.

Soy un chico de diecinueve años con nada mejor que hacer más que ser conserje a la luz de la luna y, de día, soñarte a ti.

Creí que me amabas / Estaba equivocado. La vida continúa.

Lo siento, esa línea se refiere a otra chica, no a ti. Mi vida continuó sin ella.

No te imaginas cómo me marcaste aquella noche, cuando nos vimos por primera vez, cuando llegué al trabajo sintiendo que aquel sería el primer día del fin de mi vida. Tampoco sabes lo que había enterrado o dejado atrás hacía poco tiempo. No puedes saber que, solo con ver el hoyuelo en tu mejilla al sonreírme esa noche y oír el sonido de tu risa, sentí que aparecía un pequeño rayo de esperanza en un momento en el que solo quería escapar (de mi nuevo trabajo, de mi casa) a cualquier otro lugar, o a ningún lugar en particular, o simplemente, desvanecerme en la nada.

Incluso el más pequeño destello puede provocar grandes cambios.

 Pista N° 2
Bettye Swann: "(My Heart Is) Closed for the Season"

Esta canción es para Lisa.

Hagamos esto a un lado desde ahora. Lisa fue mi primera vez. Me hice perforaciones en lugares privados para ella. Borceguíes y uniformes de enfermera: eso era Lisa. Una enfermera de hospicio gótica (sabes a lo que me refiero). Ah y su figura… voluptuosa, una chica inteligente con un trasero precioso. ¿Quién podría resistirse?

También obviemos eso. Pégame cualquier etiqueta sexual o ética que se te ocurra, pero no (repito, NO) me etiquetes en base a mis gustos musicales. Papá dice que aprendió a hablar inglés gracias a la música country; y mamá creía que la música tenía que ser el medio por el que debíamos comunicarnos como familia. Mis padres solían atraparnos a mi hermano y a mí para que colaboremos con proyectos de fin de semana para mejorar nuestra casa con el propósito de promover nuestra "educación musical". Éramos rehenes del amor de papá por los vinilos de *honky-tonk* y *funk,* y el cariño que sentía mamá por sus tristes cantantes de soul y los de la era The Clash, en Gran Bretaña. Por culpa de los anzuelos seductores que nos tendían (como por ejemplo, sándwiches de queso horneados e interminables partidas de hockey de mesa como recompensa por embaldosar la cocina y el baño) tengo gran debilidad por Hank Williams (padre) y las viejas cantantes de soul sin el sonido Motown.

Está bien, lo admito, la primera vez que escuché la canción fue en un compilado de Starbucks, pero eso no significa que no sea buena. No es su culpa.

¿La razón por la que elegí esta vieja canción de chicas? El cambio de estación. Cierre y transición. Lo que sea. Ya llegaremos a La Obviedad de la Ironía en las próximas canciones.

Lisa era mayor. Supongo que ya te habrás dado cuenta de eso. No era tan vieja como la Sra. Loy, que parece estar a punto de exceder todos los números reales. Lisa tenía edad suficiente como para haber estado casada y divorciada bastante tiempo atrás, y también para saber en dónde se debían colocar los piercings para mayor placer.

Mi hermano decía que yo no le daba importancia a esa relación. Que, en realidad, solo la amaba cuando estaba vestida de enfermera porque sentía que ese amor, de alguna manera, podría salvar a nuestra madre.

Lisa me dejó una semana después. Me dijo que quería terminar conmigo desde hacía un mes, pero que me veía demasiado vulnerable. Por eso, esperó a que pase el funeral.

Lo único que puedo hacer es cerrar mi corazón y superarte.

"Ve a la escuela", me decía. "Únete a una banda. Sé tú mismo. Disfruta tu edad".

Me uní a una banda solo para poder llamarla y decirle que lo había hecho. "¿Por lo menos sabes quién es Abe Froman?", me preguntó. Le contesté que no y me dijo que era justamente por eso por lo que no podíamos estar juntos. Abismo generacional. "Sé tú mismo", me repitió, "encuentra a alguien de tu edad".

Estoy en una banda, puedo salir con cualquier chica si quisiera. Soy como tú. Sé que tengo todo lo que se necesita, si sabes a lo que me refiero. Y no es por sonar vanidoso, simplemente es la verdad.

Honestamente, prefiero hacer muchas otras cosas antes que ser conserje o tocar en una banda que abarca estilos que van desde el *screamo acid jazz* hasta una especie de *indie* melancólico, solo para que nos dejen tocar en distintos bares. Todavía no he podido descubrir cuáles son esas otras cosas que me gustaría hacer.

Honesta y tontamente (¿existe alguna diferencia?), no puede ser que me incomode salir con varias chicas, chicas, chicas. Soy una desgracia para mi apariencia y edad. Cinco chicas me pidieron que las acompañara al baile de graduación el año pasado y, en cambio, preferí jugar a las cartas con Lisa en una banca afuera de la habitación de mamá en el hospital. Soy como papá. Solo puedo concentrarme en una chica a la vez y quiero que esté conmigo para siempre.

Tú eres la primera desde mi primera vez que me hace sentir algo, no importa lo que sea. No estoy muy seguro de por qué, si apenas te conozco. Tal vez, sospecho que eres como yo. Si alguna vez lo pensaste lo suficiente (ojalá lo hayas hecho), espero que también te hayas dado cuenta de que el grupo The Temptations estaba destinado a crear éxitos comerciales y que ese fue el error más grande que cometieron. La belleza *no* solo pasa por lo superficial. El simple hecho de que una persona sea bella no significa que no haya un alma dentro. No significa que ese ser humano no ha sufrido como todos los demás. No significa que no quiera ser una persona buena en un mundo horrible.

Esperanza. Eso es lo que me haces sentir.

Incluso el destello más pequeño puede resplandecer con más fuerza.

▶ **Pista N° 3**
Belle & Sebastian: "Piazza, New York Catcher"

Esta canción es para ti y Ely.

Tararearon esta canción cuando pasaron al lado mío durante las primeras semanas en mi trabajo. Seguro pensaron que no lo había entendido, pero en realidad sí pude captar el mensaje oculto. *Gabriel, conserje de medianoche, ¿eres gay o no?*

Como si no fuera suficiente que todos me miraran y se preguntaran: *¿Es moreno, amarillo, blanco o qué?*

Como mencioné, dejemos a un lado mis gustos musicales, no me importa como sea que me quieran etiquetar, pero, para que sepan, mi papá viene de la parte más blanca del continente oscuro y mi mamá de la tierra del sol de medianoche, cerca de la tierra del sol naciente. Heterosexual.

¿Fui muy cruel o amable, o ninguno de los dos, al dejar que Ely coquetee conmigo durante esas largas semanas de verano cuando tú estabas en Kansas visitando a tu abuelo? Quedarse hablando con Ely en medio de la noche era como una especie de estrategia para poder conocerte mejor antes de poner manos a la obra. Cada vez que Ely hablaba de ti, de la vida que compartieron juntos desde pequeños, me los imaginaba fusionados como una especie de *Eloise en el Plaza* transexual, que se conocía cada pasadizo oscuro, a cada uno de los residentes, cada secreto. Quería escarbar en tu corazón por medio de sus recuerdos.

Desearía que estuvieras aquí conmigo para pasar este fin de semana aburrido.

Mientras tú estabas de viaje, Ely cantaba esa línea en voz alta constantemente al acercarse a mi escritorio luego de haber regresado de una larga noche con amigos. Él te cantaba a ti, no a mí. Tenía mucho más sentido.

Era obvio que quería ir más allá. A ningún conserje lo empuja "por accidente" un ebrio contra los buzones de la correspondencia, o lo llaman para cambiar una luz del corredor a las tres de la madrugada. Como si no me diera cuenta de eso. Pero debo admitir que en ningún momento me presionó. Es más, nunca hizo ninguna jugada. Tienes que saber eso.

¿Tienes idea de por qué una banda escocesa escribió una canción sobre un jugador de béisbol de Nueva York? Me preocupa bastante eso. Presiento que se acerca una invasión escocesa a los Estados Unidos (Inglaterra y Gales se abstienen). Belle & Sebastian son parte del equipo de reconocimiento del terreno.

Mantente alerta.

 Pista N° 4
The Jam: "The Bitterest Pill (I Ever Had to Swallow)"

Esta canción es para ti y Ely, y para mí y Lisa.

Ambos sabemos lo que es tragarse la píldora amarga que reparten personas como Ely y Lisa. Entendemos qué es lo que se siente al convertirse en la presa del enfermizo amor de los Elys y las Lisas, aquellos que no te amarán de la misma manera en que tú lo haces. Lo peor de esa píldora amarga no es saber que ellos *no pueden* amarte de la misma manera, sino que *no lo harán* nunca. No abrirán sus mentes a esa posibilidad. No permitirán que el amor verdadero supere sus propios límites predeterminados: género, edad, [insertar innumerables razones injustas y sin sentido aquí].

El amor que te di pende de un triste color, burlándose de las sombras.

Apesta.

▶ **Pista N° 5**
Fiona Apple: "Criminal"

Esta canción es para Bruce Primero.

Naomi, has sido una chica muy, muy mala. Fuiste descuidada con un ~~hombre~~ muchachito tan delicado.

No te conozco lo suficiente, obviamente, pero siento que, tal vez, pueda confiar en ti. Quiero creer que alguien que miente tanto como tú, al final optará por hacer lo correcto, ya que supongo que habrás diferenciado lo que es real de lo que no. Sé que lo has hecho.

Voy a confiar en ti. Voy a confiar en que no destrozarás a ese chico solo porque puedes.

▶ **Pista N° 6**
Nada Surf: "Blizzard of 77"

Esta canción es para mis padres.

La primera vez que mi papá conoció la nieve fue a los cinco años, cuando recién se había mudado a este país. Una noche se formó una gran tormenta de nieve y, cuando se levantó por la mañana, no podía ver el exterior desde el ventanal de su habitación. Solamente sentado en los hombros de su padre pudo ver con claridad la vastedad del blanco que se extendía frente a su casa. La nieve lo superaba tanto en altura que creía que lo tragaría si se acercaba a ella. Luego, nos contó, vio un ángel: ella llevaba puesto un traje de nieve rosa y estaba sentada en el regazo de su padre mientras conducía un tractor para limpiar el camino que iba desde la calle hasta el frente de su casa. Papá la reconoció como alumna de su escuela, en donde ningún otro chico conversaba con él porque aún no sabía hablar inglés. Una vez que el ángel terminó de despejar el camino junto a su padre, se bajaron del tractor y tomaron una pala para quitar los restos de nieve que estaban cerca de la puerta principal. "Bienvenido, vecino", le dijo ella a mi padre… en suajili.

Mi padre no habla suajili; al parecer, el Comité de Bienvenida del Vecindario se había equivocado. Pero rápidamente se abrigó y se aventuró afuera, siguiendo los pasos de aquel ser celestial.

Cuando creció, se casó con esa chica.

 Pista N° 7
Kirsty MacColl: "A New England"

Esta canción es para mi madre. Le encantaba esta cantante y, particularmente, esta versión del tema de Billy Bragg.

Cuando abandoné el equipo de baloncesto de la preparatoria, o cuando me negué a ir a la universidad. Incluso cuando menosprecié a mi hermano por sus Causas e Ideales. En cada uno de esos momentos, mamá cantaba esta canción, en especial una frase que le recordaba a mí.

Gabriel no quiere cambiar el mundo / Él no busca una nueva Inglaterra.

En sus últimos días, cuando quería que la distrajera, aunque en realidad era para distraerme a mí, me pedía que le hiciera compilados de música para escuchar en el hospital. Me decía que simplemente fuera a la colección de música de nuestra computadora, eligiera algunos temas al azar y los grabara en un CD.

Nunca le hice un compilado que no tuviera una canción de Kirsty MacColl. Es como una ley suprema ahora. Cada canción suya me recuerda a mamá. Extravagante, conmovedora y divertida. La extraño.

Ambas, Kirsty MacColl y mi mamá, tuvieron dos hijos y murieron antes de cumplir cuarenta y cinco. Al menos mi hermano y yo sabíamos que ese momento llegaría y tuvimos la oportunidad de decir adiós.

▶ Pista N° 8

Bruce Springsteen: "It's Hard to Be a Saint in the City"

Esta es la canción de mi madre para mí. Chica de Jersey.

Cuando nací era azul y estaba todo arrugado, pero emergí como una supernova.

"Lo que necesitas es una musa", solía decirme, "una Mary o una Janie", y luego me avisaba que tuviera cuidado. "Esas

Marys y Janies pueden ser muy peligrosas para un chico que camina como Brando al sol y baila como un Casanova".

No quiero ser un Brando o un Casanova. Ni siquiera quiero ser una estrella de rock. Además, estoy en una banda simplemente porque una chica me dijo que lo hiciera. Soy el líder solo porque soy el más atractivo, pero los otros músicos son mucho más talentosos.

No me molestaría tener una musa, o alguien que me divierta. Eso traería un cambio refrescante.

▶ **Pista N° 9**
Kurtis Blow: "Basketball"

Esta es la canción de mi padre para mí.

Baloncestooo, están jugando baloncesto, nos encanta ese baloncesto.

Luego del funeral, los seis meses siguientes me los pasé escuchando música pop. Día tras día me podían encontrar en el parque o en la cancha jugando baloncesto con algún equipo que me permitiera unirme. Fue bueno. Papá nunca se quejó de que canalizara el dolor por medio del sudor y el balón, por medio del juego.

Pero te puedo asegurar que nunca oirás a nadie insultar de semejante manera en un lenguaje incomprensible como la vez que dejé pasar las fechas de ingreso a la universidad por otro año más y le confesé que no planeaba volver a la escuela nunca más en la vida.

"Está bien, se acabó. ¿Crees que pasarás el resto de tu vida en mi casa y usarás tu tiempo para jugar al baloncesto? ¿No tienes planes, jovencito? Bueno, yo tengo planes para ti. Serás conserje".

Debo confesar que la canción alternativa para esta sección era "Dentist!", de *Little Shop of Horrors*. Si hubiera elegido este tema, tendría que haberte dicho que imaginaras la palabra *conserje* en lugar de *dentista* cuando el tipo canta la parte que dice: "Hijo, serás un dentista". También te habría explicado que trata sobre el destino de un cantante de convertirse en dentista, tal como se lo impusieron sus padres, debido a su propensión a causar dolor en las personas. Por si acaso, el mensaje era sobre los padres y el destino, y no sobre el deseo de ser un dentista o causar dolor.

El destino de mi padre era ser conserje. A él le gustaba ese destino, era uno bueno para él. Trabajó por décadas en el mismo lujoso edificio en la Park Avenue. Ganaba mucho dinero durante la época de Navidad. En serio, una vez nos fuimos de vacaciones por una semana a un resort de cuatro estrellas en Barbados gracias a ese ingreso extra, antes de que mamá se enfermara tanto como para viajar.

Mi padre es un buen hombre y ha llevado una buena vida como conserje. Pero siento que, tal vez, ese no sea mi destino.

Al final, opté por no usar la canción del dentista en tu compilado porque incluir una canción de un musical habría sido demasiado gay, incluso para un chico al que no le importan las etiquetas.

Nota al margen: ¿Tienes idea lo que significa cuando alguien dice: "Eso es tan gay"? Sospecho que ya no está relacionado directamente con la homosexualidad. Creo que no significa nada en concreto. En serio, simplemente nada. "Eso es tan gay". Es algo totalmente existencial.

Tal vez debería haber usado la canción del dentista después de todo.

▶ Pista N° 10
Shuggie Otis: "Inspiration Information"

Esta canción es por su mera existencia.

Papá quería educarme en los hábitos nobles de un conserje de Manhattan, pero lo que aprendí de él, que es realmente útil, es que puedes poner una canción de Shuggie Otis en cualquier posición del compilado y todavía funcionará. Al principio, en el medio, o al final. Y si tienes información sobre la inspiración, soy todo oídos.

▶ Pista N° 11
Grandmaster Flash: "The Message"

Esta canción es para ti.

Es una canción muy depresiva con un *beat* estupendo y un motivo melódico inolvidable. Eres la clase de persona depresiva con una apariencia estupenda y una sonrisa inolvidable, cuando eliges mostrar su grandiosidad.

A veces, es como una jungla que me hace pensar / Cómo hago para dejar de caer.

La ciudad de Nueva York, sí, es una jungla. Seré Tarzán si tú quieres ser Jane. Diablos, incluso sería Jane si tú quieres ser Tarzán. Soy de mente *abierta*, nena.

Si lo permitieras, la tuya también podría serlo. Podrás responderme los mensajes, podrás ir a verme a los conciertos de mi banda a mitad de la noche, pero cuando estamos en persona en el lobby del edificio apenas tienes algo para decirme. Es como si hubiera una especie de línea dibujada en el suelo entre el escritorio y el tapete de entrada que tienes miedo de cruzar.

¿En serio?

▶ **Pista N° 12**
Nina Simone: "Ne me quitte pas"

Cette chanson prend trop de place. (*Merci*, Sr. McAllister, tipo raro bilingüe. Ocupas el mismo espacio que esta canción en el elevador).

¿Qué le ven a Francia? ¿Cómo puede ser que todo el mundo quiera ir allí?

Déjame decirte algo sobre Francia. Su música apesta. Sus películas apestan. Sus boinas apestan. Sus *croissants* son bastante buenas, pero el lugar en general apesta. Mi familia fue allí una vez para visitar a la familia de mi papá. Euro-Disney. ¿Hace falta decir algo más?

¿Te preocupa que si llegáramos a mantener una charla real, este sería el tipo de temas vacíos que la llenaría?

Asumamos el riesgo. Aquí comienza: si pudiera elegir un lugar para visitar, elegiría… [gira la rueda de la fortuna…] Madagascar. Siento que es uno de esos lugares en el mundo en el que no importa no tener un Starbucks en cada manzana. ¿Quieres venir?

Hablemos.

▶ **Pista N° 13**
Jens Lekman: "F-Word"

Jag valde den här sången så at du skule bli förälskad i mej. "Elegí esta canción para que te enamores de mí". (Gracias, Sr. Karlsson, el inesperado sueco en el *penthouse* del último piso. ¿O debería decir *tahkk*?).

Al diablo con todo, esta es la apestosa verdad: solo estoy tratando de parecer inteligente. Me odio por haber elegido una canción así, como si no fuera posible hacerle un compilado a una bella chica sin colocar algún guiño irónico a los Smiths o los Magnetic Fields, etc. Aunque tienes que admitir que es una canción genial. Prometo equilibrarlo con una canción patéticamente sentimental la próxima vez.

▶ **Pista N° 14**
Buffy the Vampire Slayer: "Walk through the Fire"

Esta canción es para ti y tu mamá.

Si hubiera un censo dentro del edificio, lamento informarte que por lo menos el 80% de los residentes que te conocen o han tenido algún tipo de contacto contigo, estarán de acuerdo al decir: "Sí, Naomi es una perra".

Buffy también podría ser una perra, pero no la culpes, una vez tuvo que matar a su verdadero amor para salvar al mundo. Ya lo entendí, Naomi. Eres como Buffy. Tienes que tomar decisiones complicadas sobre la vida de los demás.

Hablando de decisiones difíciles… ¿te sentirías halagada o asustada si te dijera que Buffy era la chica con quien solía soñar cuando, ehm… comenzaba a explorar un poco más mi cuerpo durante la preparatoria? No importa, considera la confesión acabada… ehm digo, terminada.

Una noche, cuando tu mamá notó que estaba mirando las repeticiones de *Buffy* en el pequeño televisor de mi puesto de trabajo, me comentó que miraba la serie contigo como un consuelo luego de la partida de tu padre. Me contó sobre las veces que lloraste y lloraste por Buffy, como cuando Angel terminó siendo la pareja del baile de graduación de Buffy a pesar de haberse separado de ella luego de reconocer que su amor no llegaría a nada. O cuando la mamá de Buffy se fue por causas naturales y no sobrenaturales. O aquella vez que comprendiste que las temporadas seis y siete no tenían la misma calidad que las primeras cinco, excepto por el episodio del musical.

Ahora, entre el humo me llama / Para guiarme a través de las llamas.

Esos detractores que te llaman *perra* no saben que a las seis de la mañana, cuando mi turno finaliza, sales corriendo del edificio para ir a buscar café y *bagels* a la otra manzana para tu mamá. Tampoco saben que la tomas de la mano y la acompañas al Washington Square Park cuando sale a su trabajo. Para asegurarte de que llegue bien.

Buffy también era el consuelo de mi mamá. La miraba con ella en los buenos tiempos. Mi hermano se reía de mí y decía que era muy gay por tener los ojos llorosos cuando Willow perdía la cabeza por la muerte de Tara. Hermano mío, te quiero, pero ¿quién se ríe ahora? ¿Quién es el conserje y cantante de una banda que provoca que las chicas les tiren sus bragas al escenario y quién es el empobrecido estudiante graduado que apenas llega a fin de mes y baila en XXL, donde los chicos le ponen billetes en su ropa interior?

▶ **Pista N° 15**
Kylie Minogue: "Come Into My World"

Esta canción es para los gays.

▶ **Pista N° 16**
Elliott Smith: "A Fond Farewell"

Esta canción es para Bruce Segundo.
Veo que me abandonas y te unes al enemigo.
Ellos realmente se gustan, Naomi. Todos lo ven. Están

enamorados y debería ser algo bueno. Déjalos en paz. Me ofrezco como voluntario para mediar entre ambas partes.

 Pista N° 17
Stevie Wonder: "As"

Esta canción es para Ely.

Naomi, *¿sabías* que el verdadero amor no pide permiso?

Si has llegado hasta este punto en tu lista personalizada de música habrás notado que, mientras que Shuggie Otis puede ubicarse en cualquier puesto, Stevie Wonder no. Estupenda música las primeras canciones, pero muy intensa en comparación con el resto de la lista. ¿Piensas lo mismo?

Pero hay una razón para todo esto. Stevie Wonder. La conexión. Él ➡ toca ➡ el piano. De acuerdo con las historias fantásticas que cuentan los residentes con más tiempo en el edificio, lo mismo hacían tú y Ely. Su versión de "Chopsticks" es legendaria.

Tú me brindaste una luz de esperanza y es por eso que yo te entrego un poco a ti.

Confío en que tú y Ely vuelvan a hacer esa versión de "Chopsticks" algún día.

 Pista N° 18
Merle Haggard: "Blue Yodel"

Esta canción para el canto *yodel*.

Mi mamá solía decir que no hay nada mejor para eliminar la tristeza que un buen canto yodel. A mi hermano y a mí nos enseñó a cantar de esa forma con los mejores de la escena: Jimmie Rodgers, Don Walser, Merle Haggard.

Vamos, inténtalo. *Io-ho-dra-e-hó.*

▶ **Pista N° 19** y pista oculta **N° 19a**
The Ramones: "I Wanna Be Your Boyfriend"

[y]

Prince: "If I Was Your Girlfriend"

Esta canción es para nosotros dos: ¿el futuro?

Al parecer, eran bastante codiciosos con los nombres de sus canciones, siempre querían algo. Querían estar sedados. Querían vivir. Querían tener algo que hacer por la noche. Querían ser tu novio.

Yo optaría por cualquiera de esas opciones contigo.

Porque, a veces, imagino lo feliz que
podríamos ser juntos. ¡Por favor!

Bruce Segundo

AFUERA

–¿**P**or qué hiciste eso? –le pregunto.

–¿Qué cosa? –realmente no sabe de lo que hablo.

–El beso. ¿Por qué me besaste de esa forma frente a todo el mundo?

Nos hemos besado en público antes, es verdad. Lo hemos hecho muchas veces (con cierto grado de control) cuando hay otras personas cerca. Si fuera por mí, echaría a todos del Central Park para poder estar los dos solos. Pero sé que eso no ocurrirá. Por eso nunca me molestó que me bese de esa forma en lugares públicos. Lo cierto es que tampoco puedo aguantarme las ganas. Siempre quiero estar cerca de él, de una manera que me asusta pero que, ocasionalmente, me hace sentir muy, muy feliz.

Pero esta vez fue diferente. Me estaba besando para dejar en claro algo, y ese algo, claramente, no me incluía.

Pasamos cerca del escritorio del conserje y no vemos a Gabriel por ningún lado.

–Creo que tendré que llamar al administrador –dice Ely–. No es que no me caiga bien el chico, es más, es grandioso. Pero sería de gran ayuda que el conserje esté en algún lugar cerca de la puerta cuando se lo necesita.

Siempre me pregunté por qué no hay conserjes mujeres (¿ayudantes de portería?, ¿porteras?) en la ciudad de Nueva York. Supongo que es el último remanente de sexismo en la Gran Manzana. A nadie parece importarle. Al parecer, está bien que una mujer se encuentre detrás de un mostrador de recepción para avisarte cosas por teléfono o pedir un taxi, o llamar a la policía si te ve entrar desangrándote, pero ni bien la colocas en el puesto de conserje… automáticamente se convierte en un manojo de nervios inútil que rompería en llanto en cualquier momento. Quiero preguntarle a Ely sobre esto, pero luego me doy cuenta de que me estoy desviando del tema principal.

–En serio –insisto–, ¿por qué me besaste así en frente de todos?

Ely me mira como si estuviera pensando que soy un idiota, aunque con cierta moderación.

–¿No puedes simplemente pensar que lo hice porque quería hacerlo y no me importaba quién nos estuviera mirando?

¿De verdad fue por eso? Estoy seguro de que esto ya lo ha hecho antes, esa espontaneidad al abrazarme, ese pequeño desvío hacia un pasadizo oscuro, esa sucia (¡sucia!) mordida en la oreja en la parte trasera de un taxi. Justo anoche comenzó a besarme sobre un cajero automático y retrasaba mi transacción al presionar el botón para traducir todo al ruso y chino (¿o era japonés?) para poder seguir haciendo cosas con su lengua. Yo estaba consciente de que había cámaras en el lugar y tenía muy presente que la cinta se reproducía una y otra vez en el monitor de algún tipo de seguridad en la India que, por dos dólares la hora, se encargaría de subirlo a la web. Era una demostración bastante fuerte, pero estaba dentro de lo aceptable, porque era anónima. No era como lo que sucedió en el bingo, donde todos estaban mirándonos.

Tal vez, solo soy yo. Porque, debo admitirlo, siempre que lo hace, siempre que me demuestra con tanta claridad que quiere tenerme para él, hay una parte de mí que piensa *¿Por qué?* Soy más Napoleón que dinamita, tengo mucho más de Play-Doh que de *Playboy*. Él es más un *Twink* mientras que yo soy más de los *Twinkies*, y no logro sacar eso de mi cabeza. Ni siquiera por un momento me puedo sentir cómodo al saber que él es más atractivo y mucho más experimentado que yo. Tal vez, lo peor de haberle preguntado por lo del beso es que no puedo aceptar que, quizás, yo sea la única razón por la que lo hizo.

No se lo ve molesto por mi pregunta, solo un poco desconcertado. Y, como él siempre es así, el tema se esfuma en el anochecer. Todavía no oscureció tanto, por lo que nos dirigimos hacia el Museo de Historia Natural, ya que los viernes está abierto hasta tarde y puedes pagar lo que tú quieras sin sentir que estás engañando a las momias con sus precios sugeridos.

No pude hablar con Ely en todo el día y sé que debería hacerlo. No era el momento indicado cuando fui a su apartamento, ya que sus madres estaban en medio de un momento tenso y él estaba demasiado entusiasmado por mostrarme la maqueta que estaba preparando para su clase de arquitectura. Además, luego fuimos a jugar al Bingo, donde continué distraído, pensando sobre lo que había ocurrido a la mañana (creo que ya había ganado la partida como cuatro números antes de que finalmente lo gritara, era la prueba de que no estaba prestándole tanta atención). También deseaba que la Sra. Loy dijera: "¡Estoy cansada, maldito maricón!" con su típico acento inglés, que es algo que siempre quise escuchar en una conversación pero nunca pude. Así como la palabra *cojones*. Estupenda palabra, pero no hay forma de que la pueda usar. Al menos, no en esta vida.

–¿Estás listo para *Smell!*? –me pregunta Ely, ya que es allí hacia donde nos dirigimos (esa exposición de aromas mega conocida de la que todo el mundo está hablando).

–Esta mañana me hice un enema en la nariz para venir –le contesto y comienza a reír fuerte. Amo la forma en que lo hace, porque no es una de esas personas que ríe por cualquier cosa. Tienes que ganarte una risa de Ely, y cuando estoy con él, me doy cuenta de que digo muchas cosas para morirse de la risa. Me disfruto mucho más.

Y sí, todo esto también me asusta.

No veo por qué no se lo digo ahora mismo, antes de llegar al museo. Me siento tan tonto, tan infantil al estar preocupado de esta forma. Esto es algo por lo que Ely seguramente ya ha pasado, probablemente, antes de aprender a caminar. Soy tan novato.

Por más que siga hablando o bromeando, Ely nunca sabrá lo que realmente estoy pensando o qué es lo que me preocupa tanto. No me conoce lo suficiente como para darse cuenta de esas señales de advertencia, que con tan solo una mirada lo llevarían a preguntarme "Oye, ¿qué ocurre?". Nunca tuve eso con nadie. Solo conmigo mismo; yo sí conozco bien mis señales.

La conversación cambia de rumbo otra vez, como siempre, hacia Naomi.

–No lo entiendo. El Otro Bruce era perfecto para ella, el único capaz de serle útil. Devoto sin esperanza –comenta y se queda en silencio por un momento–. Pero supongo que *tiene* sentido, en cierto modo. Ella creció en medio de conflictos y, quizás, el único conflicto que tenía con él era cuando ella estaba pensando en dejarlo.

Odio esto. Siento que todo es mi culpa. Se lo ve tan herido. Lo admitió los primeros días, aquella primera semana cuando estaba esperando que ella lo llamara, esperando que la paloma de la paz apareciera sobre el océano. Durante esa semana saltaba por cualquier sonido proveniente de su celular… incluso si nos estábamos besando o si estábamos en algún lugar inapropiado como el cine o un restaurante. Luego, con el pasar de los días, pasó a la etapa de melancolía y anhelo. Cada vez que escuchaba el teléfono decía: "Tal vez sea ella", pero primero terminaba lo que estuviera haciendo y luego comprobaba quién era. Se decepcionaba al ver que no se trataba de Naomi.

Lo máximo que pudo aguantar sin hacer nada fue una semana. Una vez que la ruptura de la amistad terminó su Sabbat, cuando comenzaron a tener sus peleas por el cuarto de la correspondencia, las cosas comenzaron a ponerse feas. Al final, se rindió y le envió un mensaje que decía:

```
Entonces, ¿no tienes nada para decirme?
```

Y al cabo de dos días, recibió su respuesta:

```
No.
```

Por eso, decidió que él tampoco le diría nada, y no han hablado desde entonces.

Ely juró por Dios que no tiene nada que ver conmigo, que su amistad es algo demasiado grande como para que termine por culpa de un chico.

Espero que eso sea verdad. Aunque no lo creo.

Incluso traté de hablar con Naomi, pero nunca me atendió. Le dejé mensajes de voz diciéndole que lo lamentaba, pero que lo nuestro no estaba funcionando y que no fue nada planeado, sino algo que debía suceder. Mis disculpas probablemente duraron tanto como la relación en sí. Algunas veces nos cruzamos (como en el Bingo) pero pareciera que me puso debajo de su capa emocional de invisibilidad junto con Ely. Como si yo fuera parte de él ahora y estuviera perdido en el país de los desterrados.

La exposición *Smell!* no se encontraba tan atestada de gente como pensamos que estaría. La entrada principal es una inmensa nariz horizontal y uno puede entrar a través de las fosas nasales. A pesar de que la mayoría de las personas alrededor lucen serias, como si fueran profesores especializados en aromas o algo de eso, no podemos evitar actuar como si fuéramos niños de ocho años con fetiches de mocos.

–¡Y vivía resfriado, resfriado!

–¡Y decía todo el día!

–¡Achís, achís, achís! –gritamos a la vez.

Jugamos con un cilio inmenso y pasamos por algunas cavidades nasales. Cuando salimos, Ely me lleva a un lado y me mira con seriedad.

–Tengo una pregunta –dice, tocándome el brazo con suavidad. El gesto no se parece en nada al beso apresurado del bingo. Bajo la luz de una brillante membrana mucosa, me preparo para lo que sea que esté por decir–. No tienes que responderlo si no quieres.

Se comienza a acercar mucho más hacia mí, con la mirada fija en mis ojos.

–Pero me preguntaba… ¿me seguirías amando si mi nombre fuera Gland?

No puedo evitar responderle en seguida.

–Te amaría aunque tu nombre fuera Gland y tu apellido, Ular. Incluso te amaría si te llamaras Secreción.

–¿En verdad? –me pregunta.

–En verdad –le respondo.

Esa es mi forma (nuestra forma) de hacer las cosas, decir algo en serio sin necesidad ser serios.

Pero aun así… hay algo de seriedad en el fondo.

La siguiente habitación está llena de perfumes y una explicación de cómo se fabrican. Estoy un poco perturbado por el origen del ambergris, pero ya lo superaré. Luego nos encontramos con los amplificadores de aroma, en donde puedes conectar tu nariz y oler diferentes fragancias. Te tapan los ojos y te colocan audífonos para una mejor experiencia. Me acerco para probar algunos (los conectores son descartables e higiénicos, por suerte) y me envuelve el más puro y profundo aroma de almendras que jamás sentí. Incluso supera su gusto. Luego, como un estúpido, huelo el aroma de café y me doy cuenta de que ya no podré bloquear lo que sucedió en la mañana por mucho más tiempo. Está allí y no puedo evitar escapar de eso.

Debí haberme quedado en ese puesto por un largo rato, porque siento que Ely coloca su mano sobre mi hombro.

–Oye, ten cuidado. Demasiado de eso y no podrás dormir esta noche.

Me quito los conectores y los arrojo a la basura. Pero, si bien el aroma se disipa, los pensamientos, no. De alguna manera Ely y yo nos conectamos, porque algo ve y, si bien no me dice: "Oye, ¿qué ocurre?", claramente sabe que algo está mal, y no está dispuesto a distraerme o ignorarlo hasta que me sienta mejor.

–Creo que esta mañana mi madre descubrió que soy gay.

¿Por qué creí que se reiría? ¿Por qué creí que diría: "Oh, eso no es tan malo"? ¿Por qué creí que solo era importante para mí?

–Oh, Bruce –me dice y acerca su pulgar hacia mi mejilla para limpiarme con suavidad una lágrima que parece haber estado allí durante todo el día.

Al ver que hay demasiadas personas alrededor de mí justo cuando le digo eso, me lleva a un lugar más tranquilo. Es una de las salas de dioramas que a casi nadie le interesa, en la cual se detalla la vida de los esquimales en la década de 1950. Nos sentamos en un banco y me toma de la mano, no sin antes preguntarme qué ocurrió.

Y tal vez no sea algo tan malo como sentí, porque me encuentro sonriendo a pesar de estar llorando un poco.

–En realidad, es por tu nombre.

Le comienzo a contar lo normal que era la mañana. Papá ya estaba en su trabajo y mamá se encontraba tomando su café como todos los días. Pasé la noche en casa para lavar algo de ropa y hacer algunas cosas fuera de la residencia. Por lo general, hablamos sobre la universidad y esas cosas, pero esta mañana la primera pregunta fue: "¿Quién es Ellie?" y, al no entenderlo en seguida, le pregunté: "¿Ellie?".

No fue sino hasta que me preguntó "¿Qué ocurrió con esa chica Naomi?" que comprendí a qué se refería.

"No funcionó con Naomi", le contesté, pensando que allí terminaría la conversación.

Pero no. En seguida agregó: "Bueno, eso convierte a Ellie en algo más".

Debí haber parecido un venado atrapado con la cabeza en una prensa, porque mamá bajó su taza y dijo: "Lo siento. Necesitaba el número de ese doctor al que llamé desde tu teléfono la semana pasada cuando el mío no funcionaba, y miré en tu registro de llamadas, y no pude evitar notar que había muchas llamadas a Ellie. Ya sé, ya sé, tendría que haberte preguntado primero. Pero estabas dormido y pensé que te molestaría mucho si te despertaba. Realmente necesitaba el número. El dolor de espalda me está matando de nuevo".

Lo más raro fue que, conociendo cómo piensa mamá luego de haber vivido dieciocho años bajo sus efectos, estaba seguro de que esta historia era completamente cierta. Cruzó la línea cuando pensó que lo podía hablar conmigo.

Aun así, podría haberlo dejado ir. Podría haber dicho simplemente: "es un amigo", o "no es nadie".

Pero no quería mentir. Tampoco quería decirle la verdad, pero realmente no quería mentirle.

Por eso, le respondí: "es *Ely*, mamá. Un chico". Y luego agregué: "es una especie de novio".

Me avergüenzo un poco al contarle esto a Ely ahora, ya que aún no hemos tenido la conversación de la palabra N. Pero él no la rechaza. En cambio, me pregunta: "¿Qué dijo?".

Le cuento que me contestó: "¿Eso significa que eres gay?", demasiado sorprendida como para darme cuenta de si estaba rechazándolo o aceptándolo.

A lo que le respondí: "no. Solo significa que no soy heterosexual".

Era tan obvio que ninguno de los dos estaba preparado para tener esa conversación y que tampoco esperábamos tenerla en ese momento en particular, esa mañana en especial.

Luego, lo más raro de todo, la mañana siguió como siempre. Claramente algo había cambiado, pero no podía entender la forma de ese cambio. Ella no me dijo "Te amo", ni tampoco "Te odio". Simplemente dijo "Lamento haber revisado tu teléfono", a lo que le respondí "está bien. ¿Pudiste conseguir la cita?", y me contestó desconcertada "¿Qué?" y le aclaré "para el médico". Asintió y agregó "A la una en punto, a la hora del almuerzo", y le respondí "qué suerte".

No teníamos idea de lo que estábamos haciendo.

–Entonces –le digo a Ely–, no sé para qué voy a ir a casa la próxima vez. Incluso ni siquiera sé si mamá se lo contará a papá.

–¿Quieres que te acompañe?

Sacudo mi cabeza de lado a lado y le digo que no, probablemente no sea el momento indicado para que conozca a mis padres.

Comienza a reírse y hace que me sienta un poco mejor.

–Supongo que tú no tuviste que pasar por todo esto –le digo.

–En realidad, sí –me comenta y me patea, juguetón–. Definitivamente fue distinto, pero aun así me aterrorizó *por completo*.

–Pero ¿por qué? Tú tienes dos madres –le pregunté con riesgo de caer en la obviedad.

–Justamente por eso –responde–. Es muy difícil de explicar. De alguna manera, era de *esperarse*. Cuando era chico, trabajaron muy duro para asegurarse de que mi mundo no se convirtiera por completo en un mundo de gays; no es que hayan estado avergonzadas de lo que eran, o algo de eso. Para nada. Pero querían que tenga las mismas opciones que cualquier otro chico. Y creo que una parte de mí accedió, quería ser diferente a ellas. Yo sería el normal (no, *normal* no es la palabra indicada). Sería el más convencional, supongo. Me convencí de que quería todas esas cosas (jugar para los Yankees, tener una gran boda con Naomi, llevar una chica a casa para que finalmente puedan tener una hija). Realmente sentía que eso pasaría, que podía hacerlo. No quería que el resto de los chicos pensaran que era gay porque mis mamás lo eran. Intenté ser heterosexual. ¿No suena estúpido? ¿Yo? ¿Heterosexual? Pero es verdad. Era una fantasía divertida. Sin embargo, al final del día, era a los chicos a quien quería besar. Uno tiene varias opciones, pero hay algo (no sé qué) que te termina por definir. Yo solo tuve que entender lo que era y aceptarlo. Cuando finalmente acepté lo que estaba destinado a ser, mamá y mamá también se aterrorizaron. Les preocupaba que lo estuviera haciendo como una forma de demostrar que estaba de su lado. Incluso tuve que persuadirlas de que realmente estaba interesado en los penes. ¡Esa *sí* que fue una conversación divertida!

–No estoy muy seguro de querer hablar del tema esta noche con mis padres –le comento, y recuerdo que las experiencias que he tenido con penes se han limitado solo al mío.

–Sí, guárdate la conversación del coño para una mejor ocasión, como el Día de Acción de Gracias.

–¡Cojones! –le digo. Se siente tan bien.

–¿Cojones?

–Sí, cojones.

–Ahora sería un buen momento para admitir que estás drogado.

–Lo siento. Continúa.

Ahora le toca a Ely sentirse avergonzado.

–No hay mucho más para agregar –me comenta–. Una vez que mi verdadero arcoíris de colores brillantes se hizo presente, mis mamás incluso me crearon un perfil en xy.com. Una vez, estaba mirando una foto de un chico desnudo en mi computadora y recibí una llamada o algo y olvidé cerrar la ventana, y cuando mamá Susan fue a usar mi computadora, vio la foto. Pensé que se pondría furiosa, pero en cambio me dijo: "Ely, tú *sabes* lo poco que me importa eso".

Intento imaginar a mi mamá con una reacción similar, pero no puedo.

–No te preocupes –agrega–. Salí con otros chicos que han pasado por esto. Siempre termina bien. Bueno, no siempre, también estaba este chico, Ono, que echaron de su casa. Pero tú no estás viviendo allí y estoy seguro de que tus padres son mucho más comprensivos que los suyos. Su papá lo amenazó con llamar a la policía. En serio, cuando le dijo: "Papá, soy gay", el padre gritó que iba a llamar a la policía.

No puedo decir que agradezco por completo este tipo de distracción, pero está haciendo lo mejor que puede, tanto como yo al intentar mantener el "otros chicos" fuera de la conversación.

–¿Vamos? –le pregunto.

–Claro –responde, poniéndose de pie y ofreciéndome su mano. Cuando la tomo me ayuda a levantarme y no la suelta. Estoy tan asustado de que me vaya a besar o incluso a abrazar ahora mismo. Me sentiría mal y creo que lo entiende. Por eso, me hace dar una vuelta como si estuviera bailando y me tropiezo–. Paso doble esquimal.

En lugar de reírse me mira para ver si me encuentro bien.

Suelto su mano y comenzamos a caminar de regreso. Pasamos por la sala de los dinosaurios, de la ballena azul y del paraíso de las aves. Hablamos de otras cosas, especialmente de las personas que nos rodean.

–Sabes, estoy orgulloso de ser tu *especie de novio* –me dice de la nada antes de llegar a la puerta principal y bajar la escalinata del museo.

–¡Cojones! –grito en la oscuridad de la noche.

–¡Cojones no! –me responde.

Y en ese momento mi corazón comienza a latir tan rápido que comprendo que ya no es por miedo a enamorarme.

Naomi

STARBUCKS

*S*tarbucks: donde transcurre la vida.

Definitivamente, alguien debería contratarme para escribir slogans.

La gente viene a Nueva York para ser diferente, pero yo voy a Starbucks para ser la misma.

Ve al Starbucks de Kansas o el de Manhattan y estoy bastante segura de que tendrás casi la misma experiencia en cualquiera de los dos. La misma decoración, el mismo café aburrido, los mismos trabajadores mal pagos agradecidos de tener un seguro médico, la misma mierda de Música del Mundo reproduciéndose para hacerte creer que la empresa cree en los valores del comercio justo.

Starbucks: el ecualizador perfecto.

No, me gusta más el primer slogan.

Ely es mejor que yo en todo menos en Starbucks. Por eso es que solamente nos podemos encontrar aquí.

Llega tarde y se desploma sobre la silla que le reservé en la parte para ♿ al extremo de la mesa. Era el único asiento libre en todo el lugar, y si entra una persona en silla de ruedas todos lo mirarán a Ely de la misma manera resentida en la que yo lo miro ahora.

–No sabía que querías decir *este* Starbucks –me comenta. Ignora el Frappuccino que dejé sobre la mesa para él. Ely los odia. Algo sobre una resaca de chico malo y vómitos luego de que otro chico malo decidió dejarlo no muy amistosamente–. Creí que el Astor Place estaba fuera de mis límites. Te estuve esperando por veinte minutos en el que está cruzando St. Mark. ¿No me enviaste ningún mensaje? ¿O eres tan pasiva-agresiva que ni siquiera eres capaz de contestar los míos?

No, estoy tan pasiva-agresiva que ni siquiera me molesto en encender mi teléfono.

–Todo esto es broma, ¿no, Naomi?

–¿Ni siquiera me vas a *hablar*?

Podemos hacer esto sin necesidad de hablar.

No estoy enojada como para recriminarle cosas: *¡Te robaste a mi novio, Ely! Te robaste mi confianza… en TI, no en él.*

No puedo hablar porque me quedé sin mentiras.

Si le digo lo que realmente siento, Naomi y Ely nunca volverá a ser Naomi y Ely otra vez.

¿Por qué llegaste al punto de robarme a mi novio para demostrarme de una vez por todas que nunca me amarías de la forma en que yo lo hago?

Si hablo, probablemente diga algo estúpido y alarmante como "siempre imaginé que nuestra hija saldría con tus hermosos ojos y, tal vez, mi barbilla. Con suerte no tendría la nariz de Ginny, pero sí la risa de Susan y el asombroso cabello de mi mamá. Tendría tus dotes matemáticos y mi desconfianza en las calles con números primos. Su alma sería únicamente de ella y la protegeríamos siempre. Juntos".

¿Cuándo se supone que desaparecerá el dolor? Necesito una fecha exacta.

Ely no está siendo paciente. Coloca sobre la mesa el primer ítem, mi "kit de chica" con artículos femeninos que guardaba en la que *era* mi gaveta en su habitación, pero que ahora seguramente esté ocupada por cosas de Bruce Segundo.

–No puedo esperar todo el día, Naomi. Terminemos con esto de una vez por todas. Aunque estés muda, estoy seguro de que tus manos aún tienen la capacidad de cumplir tu parte del trato.

El rostro de Ely luce demasiado ruborizado. Creo que está por resfriarse. Debí haber elegido el Starbucks en St. Marks, allí mantienen la temperatura cuatro grados más alta. ¿Por qué soy tan perra?

Todavía sin hablar, me inclino para tomar del suelo la caja con todas sus cosas.

Si me puedes prometer algo, Ely, si puedes prometerme que en algún momento desaparecerá el dolor que hace que mi corazón se sienta como una roca dentro de mi pecho, sin pulso, y que yo podré volver a sentir que hay esperanza, por mí, por ti y por nosotros, solo entonces, tal vez, mis labios podrían 🔓 ahora y seguiríamos avanzando con esto.

Fin.

Ely

Recuerdo esta sensación. Cuando mamá Susan descubrió que mamá Ginny estaba teniendo una aventura con el papá de Naomi… recuerdo haber pensado: *¿esto es todo? ¿Se terminó? ¿Se van a separar?* Mis madres. Los padres de Naomi. Y luego comprendí… no, *comprendí* no es la palabra indicada. *Comprendí* suena como si lo hubiera aprendido y no como si lo hubiera sentido. Por eso, creo que es mejor decir *sentí.* Por primera vez *sentí* que cuando una pareja está a punto de separarse, la relación no es lo único que se termina. De alguna manera todos estamos involucrados en eso. Mis madres se separaban. Los padres de Naomi se separaban. Naomi misma se separaba. Yo me separaba. Y la reacción a eso (mi reacción) fue aferrarme con la mayor fuerza posible. Intentar mantener todo unido, porque dejarlo ir sería el fin de todo. Dejarlo ir sería asesinar lo que alguna vez había sido.

Tal vez Naomi y yo no hemos aprendido nada. O tal vez, la historia se repite una y otra vez hasta que te sacude lo suficiente como para romper las costuras que te mantienen unido. No lo sé. Lo único que sé es que se siente mal. Pero si no quiere hablarme, no hay manera de que esto mejore. Estoy tan furioso con ella.

Lo que estamos haciendo es, técnicamente, lo opuesto a separarnos. Estamos juntando nuestras posesiones, devolviéndolas a sus legítimos dueños. Como si algún tipo de cortina de metal cayera en el pasillo entre nuestros apartamentos y estuviéramos intercambiando refugiados.

–Toma –digo, y le entrego la remera con la inscripción YO 🖤 A JAKE RYAN, su reloj de Pokémon, sus DVD de *Dawson's Creek* y su pijama de Hello Kitty (ese en el que pinté una boca a cada una de las malditas Hello Kitty porque nos enfermaba que no tuviera ninguna forma de hablar, como si fuera una geisha de historieta vulnerable a ser atacada por cualquier perro que pasara cerca).

Toma cada una de las cosas que coloco sobre la mesa y no dice ni una palabra.

–¿Cómo está todo con Gabriel? –le pregunto. Escuché algunos rumores que aseguran que él tiene un caso grave de Naomitis, al punto de que lo escucharon silbar la canción "Signed, Sealed, Delivered I'm Yours" cuando ella revisaba su correo el otro día.

No responde.

–Las cosas con Bruce están estupendas –le digo–. Gracias por preguntar.

Verdad: las cosas con Bruce se sienten precarias, aunque no sé por qué. Me encuentro preguntándome qué es lo que piensa mucho más a menudo de lo que he hecho con cualquier chico.

Sé que no es del todo bueno que le haya mencionado a Bruce, pero la única razón por la que lo hago es para ver una reacción. Cualquier tipo de reacción.

Pero, en cambio, suelta con furia sobre la mesa una bolsa con mis cosas.

Naomi

Cuando ríe, también quiero reír. Es más, casi le esbozo una sonrisa.

Se queda mirando nuestros dibujos favoritos de Hello Kitty en el hombro izquierdo del pijama. Con la letra de Ely, una Kitty dice: "Yo mucho amor contigo". La siguiente Kitty, con mi letra, dice: "Ninguna Kitty linda aprecia los estereotipos racistas". La última Kitty, casi sobre la costura a la altura del hombro promete, con la letra de Ely, que "estaría encantada de darte placer cuando quieras".

Ahora parece ser el momento indicado para hacer el intercambio de las películas. Tomo nuestros clásicos favoritos y se los devuelvo.

–En realidad, no necesito este –me comenta, tomando el DVD de *Mount Fuckmore*–. Ver a personas heterosexuales teniendo relaciones me asusta demasiado.

Encontramos ese DVD en la calle, en un bote de basura, el verano luego de noveno curso; encontrar eso ameritó quedarse a dormir en su apartamento esa noche cuando sus madres habían salido. Y, aunque me quiero reír, no lo haré frente a Ely en el lugar de bebidas más sano de todo el mundo mientras él sostiene en sus manos la que juro por Lincoln y Jefferson es la portada de DVD más *desagradable* en toda la historia de nuestros antepasados. Quiero reírme porque recuerdo que la primera vez que la vimos, Ely puso pausa en la parte más asquerosa y volteó para preguntarme: "¿Conoces la canción que dice *eres una vieja y esplendorosa bandera, que se eleva en lo alto del cielo*" y le respondí, "¿sí?", y agregó: "Bueno, esa parte que dice *nuestro corazón late con fuerza debajo del rojo, blanco y azul / En donde nunca se alardea con superioridad*". Y yo le dije: "¿sí?" y prosiguió: "Bueno, es una total mentira. ¡La *canción entera* habla sobre alardear y fanfarronear!" y le respondí: "¡sí, eres un genio!", y nos caímos de su cama por reír con tanta fuerza.

Me niego a quedarme con ese DVD. Por mucho que lo intente, no me interesa ver porno, además, mirarlo me hace sentir insoportablemente triste y vacía por dentro. Como si no hubiera nada más que esperar.

Haber encontrado *Mount Fuckmore* a tan temprana edad es probablemente lo que destrozó por completo mis relaciones con los hombres. Quiero decir, claro, también están todos esos problemas con nuestros padres, el bagaje de Ely y la extraña convergencia entre mi mirada y mi cuerpo, y mis ataques de perra, sumados a la forma pervertida en que los hombres me han mirado desde que tengo catorce años. Pero culpo más a *Mount Fuckmore*.

Me importa una mierda cómo están Bruce y Ely. Pero ¿cómo sabe de Gabriel?

¿Qué tan perdedora soy, de todas formas? El conserje más atractivo de toda la historia de nuestros antepasados realmente gusta de mí, quiero decir que *en verdad le gusto*, y yo no puedo hacerlo, porque estoy abrumada por el dolor y porque también me gusta y porque si dejo que esto ocurra la cagaré por completo. Y luego, no solo tendré que evitar a mi exmejor amigo en el corredor, sino que también tendré que evitar entrar y salir de mi edificio, algo que sería tan extraño como lógicamente imposible.

Pero ¿Sr. Lincoln? ¿Hola? Gabriel es *taaaaan* lindo. Honestamente, tengo *demasiaaaaadas* ganas de que pase algo entre nosotros.

–¿Ese es mi cinturón con brillos? –me pregunta Ely.

No quiero que se lo lleve. Quiero que diga que me lo quede, es el cinturón que nos une. Si me lo quedo (si me lo ofrece), tal vez, no toda esperanza esté perdida.

Asiento y Ely lo toma.

Ely

Me doy cuenta de que todo está bastante mal cuando me deprimo al ver el destello del cinturón. Supongo que quería verlo aunque sea una vez más, pero lo tomo y lo guardo en su caja.

–Quédate con él –le digo.

Es triste saber que no lo quiero tener más.

Las cosas que quiero me las guardo. Todas las notas y cartas que hemos intercambiado; todos esos dibujos sobre los manteles individuales que me entregaba como si fuera una pequeña niña de kínder cada vez que íbamos a comer a algún restaurante donde había crayolas cerca. Todos esos adornos que nos hacíamos con los limpiapipas. La sudadera de la Universidad de Nueva York que me compró cuando supo que yo había ingresado; su carta llegó un día después y yo tuve que bajarme del metro para responderle de inmediato. En cambio, sí puedo devolverle sus tampones, su porno, sus clips para el cabello, sus libros de Plath y los de Sexton, pero algunas cosas tienen que permanecer conmigo, si no la ruptura sería total.

Ya no puedo seguir con esto. Empujo la caja hacia donde está ella.

–Quédate con todo –le digo–. O tíralo a la basura. O entrégalo a caridad. O regálalo a un orfanato para chicos mudos. Si tu intención era hacer mi vida aún más miserable, lo has logrado espléndidamente. Espero que te sientas orgullosa de ti misma. Bravo.

Me levanto, listo para marcharme.

Naomi

Esto es mucho peor de lo que imaginaba.

En verdad se puso a llorar cuando se levantó para marcharse. No está sollozando tan patéticamente como estoy a punto de hacerlo yo, pero le comienzan a caer algunas lágrimas sobre sus mejillas enrojecidas y sigue con su mirada llorosa fija en mí, sin bajarla ni desviarla hacia otro lado. Es como si me estrujara el corazón hasta el último gramo.

En el futuro prometo nunca volver a seguir un consejo de Bruce Primero. El intercambio de cosas fue su última idea de insomnio, y yo la acepté cuando se la propuse a Ely, principalmente para calmar mi conciencia sobre jugar con los sentimientos de un chico de preparatoria. Aunque, también, por curiosidad.

Y porque extraño demasiado a Ely.

Empujo hacia él la bolsa de plástico repleta de todos los 🖉 que tomamos de los distintos restaurantes. Pero me quedo con la colección de potecitos de crema para café que nos robamos de esos lugares. Ely parece no notar la diferencia.

Extraño a papá, también.

Aunque ya me acostumbré a eso.

Es que no veo la forma de escapar de Naomi y Ely. O de regresar allí.

–¿De verdad no tienes nada para decir, Naomi? –sus ojos me piden a gritos *por favor, no hagas esto, Naomi. Todavía hay tiempo para retractarse*–. No puedo creer que abandones todo lo que teníamos por un chico.

Tengo que hacerlo. ¿Cómo es que no lo entiende? ¿Por qué piensa que todo esto es por Bruce? El tipo solo fue el disparador. Todo ese futuro juntos que planeé para Naomi y Ely es lo que pende de un hilo.

Hay espacio suficiente para mí junto a mi madre, en la desesperación de su cama. Espero que poder olvidarlo y salir adelante no me lleve el mismo tiempo que a ella.

¿Cómo puede ser que Ely nunca me quisiera? ¿Ni siquiera una vez? ¿Qué hay de malo en mí?

Finalmente, tengo las palabras indicadas para decirle. Coloco mis manos sobre el brillante cinturón rojo. *Mi* brillante cinturón rojo. *Gracias, Ely.*

–El cinturón luce mejor en mí –le digo.

Y ahí está la razón por la que amaré a Ely hasta que me muera. Comienza a reír.

Le caen mocos de su nariz, por lo que le entrego una servilleta. De alguna forma, creo que nunca me pareció tan hermoso, con sus ojos llorosos, sus mejillas sonrosadas, su nariz llena de mocos, su sonrisa y su llanto.

Mi chico.

Ely

–¿Ahora sí hablarás? –le pregunto. ¿Quién hubiera pensado que sacarle un simple comentario sarcástico sería tan complicado?

Lo único que hace es sacudir la cabeza con una sonrisa triste. Está bien. Supongo que tendré que conformarme con eso. Y tal vez con un poco más.

Esa es la forma en que planea jugar conmigo.

Naomi lo entiende. O al menos, creo que lo hace.

En realidad nunca nos fue bien con otros. Solo entre nosotros. Tal vez esa sea otra razón por la cual todo esto es tan duro. O tan estúpido. O tan necesario. O las tres cosas.

–Debo irme –le digo y le doy tiempo para que diga "No lo hagas", o algo como "Todo esto es muy duro", o "Es tan estúpido", o "Es necesario". Le doy tiempo para que se levante y me dé un beso en la mejilla, o me diga que abra la bolsa de crayolas para ponernos a dibujar sobre los vasos abandonados en las otras mesas. O para decirme que todo esto fue un error.

Sin embargo, no me dice nada. Ni siquiera *Adiós*.

Y, ya que no recibí nada de su parte, tampoco le entrego nada. Duro, estúpido y necesario.

Bruce Primero

IGUALMENTE

*H*oy es el primer día del resto de mi vida. Hoy es el primer día del resto de mi vida.

Ahora bien, si el malabarista que entretiene al enjambre de turistas en medio del Washington Square Park simplemente se quedara *quieto* por un segundo, podría ver mejor con mis binoculares quién es la persona que está sentada en la banca junto a Naomi al otro lado del parque. Ya sé hacia *dónde* se marcha Naomi luego de su vida conmigo; pero si tan solo pudiera saber con *quién*, podría cerrar esta etapa y seguir adelante con el resto de mi vida.

Mañana puede ser el día para festejar el comienzo del resto de mi vida.

Los jugadores de ajedrez que rondan el parque están bastante molestos conmigo, porque quieren usar mi mesa. Pero Cutie Pie está tomando una buena siesta sobre la mesa de juego a la que estoy sentado. Como parece que está disfrutando mucho el sol sobre su plácido rostro, no me animaría a moverla. ¿Quién soy yo para interrumpir una siesta tan pacífica? Lo único que puedo hacer es envidiarla, así como también solo puedo envidiar la siesta de la Sra. Loy a algunas bancas de distancia, con su bastón y con la barbilla pegada al pecho.

–No eres muy bueno espiando.

La voz suena por detrás de mí. Volteo y… *oh, no.*

Bajo los binoculares y los coloco sobre el bolso de la Sra. Loy en mis piernas, el cual me pidió que le cuidara mientras ella dormía. Vacila por un momento (¡al menos lo hace!) como si supiera que hubiera sido mejor actuar como si no nos hubiéramos visto. Si tuviera algo de decencia, se daría cuenta de que preferimos que simplemente siga caminando para evitar otro segundo de agonía.

Pero, oh, sí, se sienta en el asiento libre frente a mí.

¿Por qué el universo me odia tanto?

–¿Qué haces aquí? –le pregunto a Bruce Segundo. Alineo todas mis piezas sobre el tablero. Al menos, puede ser útil para algo.

–Tengo una clase en aquel edificio –señala en la dirección en la que se encuentra Naomi. Coloca su mano sobre un peón y señala al chihuahua dormido–. No puedo hacer ningún movimiento a menos que lo muevas.

–Cutie Pie es *ella.*

Sin respetar una buena siesta, se acerca y la levanta colocando su mano sobre la panza del animal.

–No es por nada –agrega–, pero si te fijas bien, podrás ver que en realidad es macho.

Me acerco para comprobarlo y me doy cuenta de que Bruce Segundo tiene razón. Cutie Pie no tiene nada que ocultar.

Al perro parece no importarle con quién está, por lo que

se acurruca sobre el regazo de Bruce Segundo para retomar su siesta.

–No pareces gay –le confieso al mover mi torre, ya que estamos hablando de sexualidades fluctuantes. ¿Pantalones *skinny* y una camisa de Lacoste? *Vamos.*

–¿Cómo se supone que tienen que lucir los gays?

–No como tú.

–Gracias por el voto de confianza.

–¿Qué música te gusta?

–¿Por qué presiento que esto es una encuesta sobre gays?

–Porque tal vez lo sea.

–En ese caso, no lo sé. Me gustan muchos estilos diferentes de música, no soy tan obsesivo como Ely. Me gusta la música clásica, me gusta The Beatles –supongo que este Bruce no es tan desagradable, porque nota mi expresión de decepción y agrega–: Y supongo que también me gustan algunas canciones de Madonna.

–Al fin –*vamos, ¿en serio?* ¿Música clásica? ¿The Beatles? Alguien necesita reprogramar los gustos musicales de este muchacho y dirigirlos hacia el canal del arcoíris.

–Por lo menos *tú*, Bruce, podrías dejar de lucir como un acosador, si lo intentaras –me dice al capturar mi alfil. Definitivamente, no estoy concentrado en el juego.

–Eso intento, amigo. Eso intento.

Parece que me cree. Al menos, debería creerme. Lo dije en serio, incluso cuando se me hace imposible poder resolver algo con mis intentos (como superar a Naomi).

–Si te dijera con quién está hablando, ¿serviría de algo? –me pregunta.

–No –hago una pausa–. Sí.

–Está con Robin de Schenectady y otro chico...

–¿Gabriel?

–No, Gabriel no. ¿Por qué estaría con Gabriel?

Ja-Ja, ¿es posible que tenga información que todavía no haya llegado a Ely?

–Gabriel gusta de Naomi. Le regaló un compilado de canciones que él mismo preparó y siempre se están mirando cuando van al cuarto de la correspondencia, pero ella apenas le puede decir dos palabras juntas. Al parecer, ella le regaló otro compilado, pero estaba repleto de canciones de mierda de "Los 40 principales" y él se horrorizó...

–¿Horrorizado de enterarse que seguramente sacó todos sus gustos musicales de Ely?

–Exacto.

–A decir verdad, creo que Ely ya sabe de ese temita con Gabriel [maldición], pero como Naomi se niega a hablarle [por cierto, su ruptura no me afecta en absoluto], dudo que Ely quiera ayudarla esta vez.

Estoy bastante seguro de que odio y deploro a este tipo, pero el cosmos debe aceptar una verdad universal: es mucho más fácil hablar con otro Bruce. Se podría decir que es casi reconfortante.

–¿Cómo sabes todo eso sobre Naomi y Gabriel? –me pregunta.

–Me lo dijo la mamá de Naomi –ella ya no me habla directamente a *mí*, pero tampoco me ignora por completo como lo hace con Ely. Puedo mandarle e-mails y mensajes de texto, pero no se me permite hablarle o saludarla cuando estamos en el edificio. Según me dijo, no comunicarse conmigo verbalmente es parte de su campaña de Amor Duro para ayudarme a salir adelante, como ella lo tuvo que hacer con Ely. Según mi hermana, Kelly, Naomi está haciendo servicio comunitario con nosotros. Tal vez sea así, no lo sé. Tal vez deba consultarlo con la almohada.

–Me cuesta creerlo –me comenta.

–La mamá de Naomi cuenta conmigo para que le siga suministrando Ambien. Créeme lo que te digo.

–Eso es ilegal.

–También los quinientos kilos de drogas que se trafican aquí en este preciso momento mientras jugamos ajedrez.

–¿Crees que los turistas se darán cuenta enseguida o más tarde de que les están robando sus monederos mientras miran al malabarista?

–Más tarde.

–Concuerdo –me dice Bruce Segundo y agrega–: Estoy preocupado.

–¿Por mí?

–No, *tú estarás* bien. Tienes que tirar esos binoculares y conocer gente de tu misma edad. Quizás también tienes que entender que eres un chico agradable y atractivo. Seguramente, tienes muchas chicas en la escuela que quisieran

conocerte mejor si dejaras de compararlas con Naomi…
pero, dejando eso de lado, estás bien.

–Gracias --le digo y me quedo pensando. Al ver que parece querer conocerme más, agrego–: Tal como dijo un gran hombre: "No soy nada especial; de eso estoy seguro. Soy un hombre normal, con pensamientos normales, que ha llevado una vida normal. No me dedicaron ningún monumento y mi nombre pronto pasará al olvido, pero he amado a otra persona con toda el alma y eso, para mí, es más que suficiente".

–¿Aristóteles?

–Nicholas Sparks.

–¿Qué libro?

–*Diario de una pasión.*

–Lloré con el final de *Un amor para recordar.*

–¿Libro o película?

–Película.

–El libro está mucho mejor.

Conseguimos nuestro propio "momento para recordar" cuando un chico de tez blanca con un estilo Rastafari se acerca a nuestra mesa.

–¿Quieren un poco? –nos dice y lleva su mano al bolsillo delantero de su pantalón, y ambos ya entendemos de qué se trata.

–¡No! –gritamos al unísono los dos Bruce.

El tipo Rastafari se mueve hacia la siguiente mesa

–*Eso* es lo que me preocupa. El tipo que está sentado con Robin y Naomi en la otra punta del parque resulta ser quien distribuye drogas en los dormitorios de la Universidad de Nueva York.

–¿Cómo lo sabes?

–Mi compañero de cuarto del primer año de estudio fue expulsado del dormitorio por poseer marihuana que le había comprado al tipo que está sentado con Robin y Naomi.

–¡No puede ser! –le digo y me quedo pensando en la situación para poder llegar a una conclusión–. Aunque no me preocuparía tanto. Posiblemente, Naomi sea la que esté más interesada en experimentar con drogas, pero esa chica Robin de Schenectady es demasiado aburrida y correcta como para permitir que lo haga.

–¿Y qué tal si Robin está buscando desesperadamente romper esa versión correcta de sí misma?

–¿Algo como lo que te ocurrió a ti?

No quise hacer que suene como un insulto y, por suerte, no lo toma como tal. En cambio, comienza a reír.

–En cierto modo, sí. Solo que me gustaría pensar que mantuve mi parte desesperada en jaque –me contesta y su próximo movimiento le permite agregar–: Jaque.

No sé por qué, pero agradezco no haberlo ofendido. Aun así, todos estamos sufriendo por culpa de La Situación. Necesito saber si lo vale.

–¿Lo amas? –le pregunto a Bruce Segundo.

Coloca sus manos sobre la reina mientras decide hacia dónde moverla y qué responderme.

–Posiblemente –contesta.

–¿Cómo se siente? –tengo que saberlo.

Quiero decir, la parte del amor, no del sexo. *De verdad,* no quiero saber nada sobre eso otro. Y, por instinto, parece entenderlo. Me contesta con una sonrisa de felicidad y no con una de lujuria, mirándome directo a los ojos, como solo un Bruce puede hacer con otro Bruce.

–Es grandioso –baja la mirada, un poco ruborizado, y acaricia al perro. Cuando levanta la vista para mirarme, agrega–: También es algo que da miedo. *Mucho* miedo.

Y, por instinto, sé que habla del amor y no de la parte gay. *La piedra le gana al papel.*

El resplandor que emana del rostro de Bruce es uno que nunca sentí por Naomi. Con ella no era grandioso, ni daba miedo. Supongo que no era amor al fin y al cabo, sino más bien una *misión.* Las tijeras cortan el papel.

Una cosa más.

–Es grandioso y da miedo, y lo podríamos estar disfrutando mucho más con Ely si no fuera por Naomi –agrega Bruce Segundo.

–Eh… –me encojo de hombros–. Ya lo superará.

Como yo. Creo que está bien creerlo.

–Eso espero, pero no se siente bien verla tan lastimada. Ely y yo hicimos todo lo posible para arreglar las cosas, pero ella no lo permitió. No hay nada más para hacer ahora. Creo que, por el momento, solo intentaré centrarme en caerles bien a las mamás de Ely. Tal vez sean un obstáculo mucho más fácil de cruzar que Naomi.

El Monte Everest sería un obstáculo mucho más fácil de cruzar que Naomi.

–¿Ya te invitaron al almuerzo del domingo?

–Sí.

–Entonces, ya está.

Sonríe y me entrega a Cutie Pie. Hace su jugada mientras se levanta.

–Jaque mate. Tengo que asistir a una clase de Economía en quince minutos en este lado del parque.

–Eres un Bruce decente, Bruce –le digo, y él esboza una sonrisa.

Debería comprarle una camiseta de diseñador a uno de los amigos de mamá en Bendel para su cumpleaños, o algo de eso, para ayudarlo a llenar su armario con ropa un poco más gay.

–Gracias, Bruce –agrega–. Igualmente.

Robin (♂)

AMIGOS

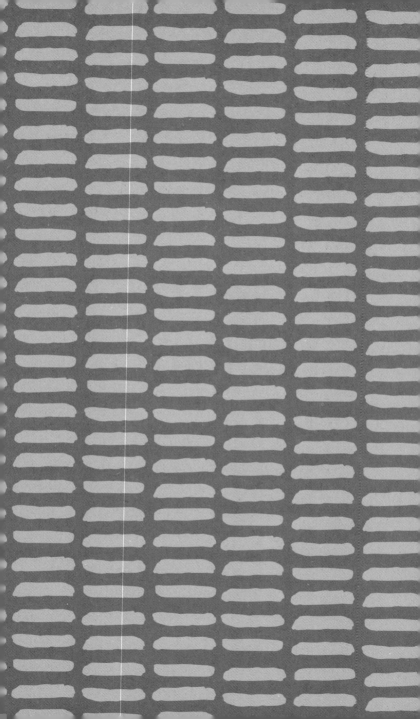

*E*ntonces, estaba hablando con mi amigo Gerald y le dije "escucha, conocí a una chica y lo más estúpido es que en verdad puedo hablar con ella sin ponerme loco o nervioso" y él me respondió algo como "Suena bien", y seguí contándole "sí, realmente puedo confiar en ella y estoy bastante seguro de que está interesada en mí, y le gustan las mismas películas que a mí y esas cosas", y Gerald me decía "¿Y cuál es el problema?", a lo que le respondí "la cosa es que, si fuera por mí, ella siempre estaría con la ropa puesta", lo que lo hizo decir "Entonces, es un perro", por lo que le respondí "no, no, no, no lo entiendes, es completamente linda en el sentido tierno de la palabra, y si no la conociera, seguramente lo haría con ella, pero como la conozco, no lo quiero hacer. Solo me interesan esas mierdas de hablar, tomar algo, sentarnos a hacer la tarea, porque cuando hacemos esas cosas de mierda, no es tan aburrido como cuando las hago solo, porque cada tanto ella resoplaría o se reiría y yo le diría '¿Qué?' y comenzaría a hablar de alguna mierda al azar, que me haría pensar que definitivamente es la mejor de todas, solo que no quiero dormir con ella". A todo esto, Gerald me dijo "Oye, ¿sabes que hay una palabra para ese tipo de relación, verdad?", y le respondí "por favor, dime qué es porque *me está matando*" y Gerald comenzó a sonreír y luego de fumar su cigarrillo, me contestó "Amistad, amigo, esa mierda se llama amistad". Eso, definitivamente, me hizo entender todo, o al menos eso pensé, porque era demasiado obvio y pensé que también sería obvio para ella y que estaríamos bien, pero luego... seguían estando todos esos malditos momentos en los que sentía que ella quería que se transformen en algo más que simplemente amistad, como cuando ponía su mano sobre mi hombro o me pedía que le hiciera un masaje, o aquella vez que me dijo "¡Es una cita!" cuando la invité a ver esa cosa de Fassbinder en el Anthology de Nueva York. Recuerdo haber pensado *oye, probablemente estés exagerando, porque esta chica es inteligente y no hay ninguna forma de que quiera salir con un tipo tan destruido como tú*. Pero todo siguió igual, y la cosa era que, si bien me gustaba mucho como persona, no me gustaba como chica, porque cuando te gusta una chica puedes sentir ese fuego (justo en tu interior) y con ella no había ningún fuego, solo salidas, charlas y esas mierdas. Entonces, una noche luego de ver *La Dolce Vita* en el Film Forum, salimos a beber unos tragos y creo que esperó a que yo hubiera tomado como tres copas (recuerdo tener mi cabeza moviéndose como gelatina) para preguntarme algo como "¿Y nosotros, qué somos? ", a lo que yo le respondí "somos los Súper Gemelos Robin", o alguna tontería como esa, y ella me dijo "No, no es una buena respuesta. Déjame replantearla, ¿qué soy yo para ti?" y por más que haya estado cien por ciento sobrio, no sé si podría haberle respondido esa pregunta, porque odio cuando tienes que definir algo que excede los límites de las definiciones (algo que tendría que tomar como un cumplido, pero no lo hizo). Obviamente, entendí a qué se refería, y lo pensé cuando hablé con Gerald, y lo simple que sonó en ese momento. No soy un descerebrado, sabía que introducir la palabra "amistad" en la conversación sería peligroso, porque cuando una chica te pregunta si quieres salir, lo último que espera que les digas es que te parece estupendo ser su amigo (lo cual apesta) porque, por más que se lo digas de la *mejor manera posible*, suena como si le estuvieras entregando un saco lleno de mierda. No se me ocurría ninguna otra cosa para decirle, y no le iba a decir algo como "oye, Robin, no hay nada en ti que me haga tener una erección", por eso le terminé diciendo "eres mi amiga y lo digo en serio", pero lo tomó tan mal como pensé que lo haría, solo que en vez de llorar o recriminarme simplemente agarró su trago y lo estampó sobre mi rostro. Rayos, un montón de veces derramaron cerveza sobre mí, pero esta vez era completamente diferente: no solo estaba todo pegoteado, sino también en estado de shock porque, si bien el hecho en sí es malo, peor aún es pensar *alguien acaba de vaciarme un cóctel en el rostro*, definitivamente, eso se llevó el premio mayor. Por un segundo pensé que también me arrojaría el vaso. O diría "Vete a la mierda". Pero, en cambio, solo dijo "Suficiente", se quedó mirándome por unos segundos con su mirada de rayos láser, y ahí fue cuando… *¡BAM!* Fuego *total*. De repente, era extremadamente atractiva, porque no tenía idea de lo que estaba haciendo. Su mano estaba temblando cuando colocó el vaso sobre la mesa y, claramente, estaba tan sorprendida como yo de lo que acababa de suceder, pero lo mejor de todo fue que estaba decidida a hacerlo, simplemente iba a marcharse del maldito bar con toda su furia, y yo sabía que ya no había ninguna posibilidad de hacer que se quede, lo cual me puso triste, porque no solo acababa de perder a la única amiga decente en toda mi vida, sino que también estaba perdiendo a una amiga que, de la nada, quería besar. Me dejó con la cuenta, algo completamente injusto, porque sabe que todo el dinero que gano con las drogas lo uso para financiar mi película (a la mierda con lo digital), pero juro que realmente vale la pena tener la tarjeta de crédito casi al límite por verla estallar de esa manera. Sabía lo que tenía que hacer (mandarle mensajes, llamarla, mandarle e-mails y darle cualquier oportunidad para rechazarme). Si pudiera recuperarla rápido, sin inconvenientes, no valdría la pena, porque sería lo mismo de siempre. Pero si daba pelea, si realmente sentía ese fuego de odio hacia mí, entonces, eso sería otra cosa. La bombardeé primero y me choqué con un muro de silencio. Buena señal. Luego, lancé mi segunda ola de ataques (toda esa mierda de "Soy un estúpido"). Logré que me diga que me detenga. Y eso hice. Levanté mi propio muro de silencio, pero estaba bien claro que dejaría una escalera para ella. Solo necesitaba alguien que se la hiciera notar, y ahí es cuando apareció Naomi (la Naomi atractiva, sexy, rompecorazones y jodidamente complicada). Ya habíamos hablado sobre hacer una película juntos, simplemente sería yo siguiéndola por todos lados, observando la ciudad desde su punto de vista. Como si fuera un Reality Show, solo que real. Tiene todo para ser una estrella (es brillante y atrapante). Y, mejor para mí, sabía que ella y Robin habían estado hablando mucho, especialmente desde que Naomi perdió a su mejor amigo gay. Por eso, la llamé y le dije "sí, deberíamos juntarnos y ver si en verdad podemos armar esto", y fue perfecto, porque Naomi mencionó algo como "Solo haces esto para recuperar a Robin", a lo que le respondí "no, no, no" y esperé unos buenos diez minutos hasta que finalmente le dije "¿Naomi? ¿Recuerdas eso que dijiste antes? ¿Eso sobre Robin? ¿Qué tal si hay algo de cierto en ello?". Por suerte, estalló en risas y ofreció ayudarme, y agregó que seguramente tendría alguna oportunidad ya que era *yo* quien quería mejorar la situación. Sumé puntos de amistad. Me propuso "Voy a estar en el parque con Robin, ¿por qué no te apareces y dices que quieres hablar sobre la película? Luego yo inventaré que me tengo que ir por alguna razón". Incluso me dijo que llevara puesta mi camisa azul, porque era la favorita de Robin, y lo primero que se me vino a la mente fue "perra, tengo como veinte camisas azules", pero lo mejor fue que sabía exactamente a cuál se refería, porque siempre supe que esa era la que más le gustaba a Robin. Solo para estar seguro, le pregunté a Naomi si Robin estaba saliendo con alguien más y, por un segundo, sonó como si se hubiera atragantado con un pedazo de goma de mascar. Luego me dijo que, probablemente, eso no sería un problema, pero que debería comportarme de la mejor manera. Y así fue cómo conseguí a Gerald para que administre la venta de marihuana y yo pudiera toparme con Naomi y Robin en el parque esta tarde. Cuando llego a su banca, Naomi comienza con su monólogo para decirme que había estado pensado en llamarme para hacer la película y yo trato de mantener la mirada fija en ella, aunque también le robo miraditas a Robin, para que crea que lo hago sin pensar; sé lo obvio que se ve. Tengo miedo de que se marche, aunque parece que me envía señales de que yo soy quien debería irse. (Claro, como Naomi sigue hablando, estoy fuera de peligro). No parece estar feliz de verme (lo que es malo), pero también luce triste (lo que es bueno). Siempre pone su cara de Soy-Una-Simple-Chica-De-Schenectady, pero como mi papá es de Albany, sé que Schenectady es un pueblo construido en acero, y si ella es como su pueblo, sin duda, me encuentro en grandes problemas (y eso es lo que amo). Naomi se detiene por un segundo, como si se hubiera dado cuenta de lo extraña que es la situación, y sé que este es el momento indicado para mirar a Robin directamente y saludarla, luciendo igual que un niño pequeño que estuviera pensando *ya sé que no debí haber pintado la mesa con mis crayolas y me siento mal por eso, pero me pone aún peor y más triste que estés enojada conmigo, por eso pasé una hora entera encerrado en mi habitación. ¿Ya puedo salir para ver si todo está bien de nuevo?* Lo cierto es que esto no es broma, en verdad esa es la forma en la que me siento, porque tenerla frente a mí hace que la situación sea aún más intensa que cuando solamente pienso en ella. Ella me arroja miradas cortantes como navajas, pero no lo hace en serio, no me llegan a lastimar y, simplemente, caen al suelo. Eso no significa que no siga molesta conmigo, pero yo me digo *mira, ¡navajas!,* y su furiosa forma de mirarme me parece *tan* atractiva. De repente Naomi comienza a mirar algo y Robin le pregunta "¿Qué?", y ella le responde "Creo que veo Bruces", algo que, si yo estuviera drogado, creería que es brillante, pero como estoy *comportándome bien,* simplemente creo que es raro. "Debo irme", dice Naomi y Robin también se levanta para marcharse, pero yo la interrumpo y le digo "por favor, quédate un segundo más" y , mierda, por primera vez en mi vida decir "por favor" me ayuda a conseguir algo. Naomi se marcha y Robin se queda preguntándome "¿Qué?", y estoy a punto de decirle "soy tan tuyo que ya deja de ser gracioso. Sé que me quieres, pero yo te quiero aún más. Haré las cosas de la mejor manera, porque tal vez exista una razón para ello. Tal vez, haya una razón para que haya pasado tanto tiempo, porque si hubiera querido dormir contigo la primera vez que te conocí, nunca habríamos terminado de esta forma. Yo siempre habría sido el capitán. Pero ahora tú estás a cargo. Yo sigo haciendo jugadas, pero solo para que tú hagas la jugada definitiva. ¿Cuál será?". Pero, lo que realmente digo es "Naomi ve Bruces por todas partes", es lo último que Robin hubiera esperado, pero puedo ver que se divierte, sin importar cuánto la haya decepcionado al decirle que quería ser su amigo. "No me gustas más", me contesta. Y le respondo "desearía que sí". Luego me pregunta por qué y para esa pregunta sí tengo una respuesta. Por eso, le digo "no importa si gustas de mí o no, porque aun así tú me seguirás gustando. Gustando de verdad". Y me contesta "Eres un idiota". A lo que le respondo, "sí, pero seré *tú* idiota, si me lo permites". (*No* quiero decirle que también seré su amigo. Pero eso también. Sí, eso también). Resopla y pienso *eso es, eres de acero*. Luego la miro a los ojos y le digo, sereno e indefenso, "oye, déjame comprarte otra bebida".

Gabriel

TIGRE

Bon Jovi: "Livin' on a Prayer"

No sé qué decirle. Tiene un gusto musical horrible.

–Está en contra de las reglas del consorcio dormir en el sofá del lobby.

Acurrucada sobre el sofá verde lima, en posición fetal, Naomi me lanza una mirada feroz que nunca me animaría a domesticar. Noto que está un poco drogada, por lo que la belleza de su mirada se ve opacada por el contorno violáceo de sus ojos avellana.

–No me molestes con toda esa mierda, ¿quieres? –me dice.

–¿Necesitas ayuda para subir a tu piso? –seguramente prefiere dormir en su propia cama.

–Por favor, simplemente déjame dormir aquí en vez de allí arriba con mi mamá.

A las cuatro y media de la mañana, los insomnes finalmente se fueron a dormir. Pasará una hora más antes de que los esclavos de Wall Street aparezcan por el lobby, me entreguen sus sacos para llevarlos a la lavandería más tarde por la mañana y se marchen corriendo para ganar o perder millones, o los de alguna otra persona.

Si Naomi se queda en ese sofá, preferentemente despierta, podré pasar una hora entera a solas con ella. Nunca supe si realmente quiere mantener una conversación conmigo o si espera que nos limitemos a mandarnos mensajes y miradas indecisas. Hay tanto sobre ella que en verdad me gustaría saber.

–No me molesta que duermas en el sofá –le explico a Naomi–. Pero, de acuerdo con el código de conducta de los conserjes, tengo que informarte sobre las decisiones adoptadas por el consorcio.

No puedo creer que mi vida se rija por el código de conducta de los conserjes. *Las decisiones adoptadas por el consorcio.* No puedo creer que dije eso en voz alta.

Naomi, hasta ahora, no me dijo ni una sola palabra aparte de "Gracias", sobre el compilado que le regalé. Sí, ese en el que puse todas mis entrañas.

Reconozco que no todos saben tanto como yo del código de conducta implícito en el intercambio de compilados. Tal vez por eso el código solo sea implícito para mí.

No lo debe entender. Mucho más grande que mi deseo de que me considere algo más que solo su conserje, es mi deseo (no, mi *necesidad*) de escuchar, con gran cantidad de detalles, qué es lo que piensa de cada una de las canciones, de cada artista, de cada letra. ¿Qué canciones le gustaron y por qué? ¿Cuáles ha escuchado más y cuáles saltea automáticamente? El orden de las canciones, ¿habrá notado cómo fluye? ¿Habrá admirado las transiciones? ¿Habrá sentido mi corazón en cada una de las pistas?

¿Estoy preguntando demasiadas cosas?

Quizás aún ni siquiera lo ha escuchado.

Tal vez, si pudiera entender por qué me entregó un compilado suyo a cambio, repleto de… se podría decir canciones "altamente sospechosas", por no decir "totalmente insulsas", tal vez desaparezca este deseo de olvidar nuestro interludio de tenue conexión.

Me saco mi chaqueta de conserje y la coloco sobre sus brazos helados.

–Pero *sí* me voy a quejar de la mierda de Bon Jovi –le digo.

▶ Pista N° 4
Britney Spears: "(You Drive Me) Crazy"

–¡Es una gran canción para hacer ejercicio! –defiende Naomi–. Pero si quieres saber por qué la puse en el compilado, la respuesta es que no tenía mucha música para elegir. No estoy tan metida en esas cosas. Casi todas las canciones que tengo son canciones que le gustan a Ely o canciones que descargué para escuchar mientras hago ejercicio.

No existe forma alguna de suspirar con la fuerza necesaria para expresar mi profunda decepción con Naomi.

–Gabriel –se queda en silencio y me señala–. Te golpearé

si le faltas el respeto a Britney o a Bon Jovi. No porque me gusten tanto, sino porque no hay nada de malo en ellos.

Claro, no tienen nada de *malo*. Simplemente, no tienen nada particularmente de *bueno*.

Pero, vamos, respeto su convicción. Puede jugar a ser un tigre conmigo todo lo que quiera.

▶ **Pista N° 5**
Dixie Chicks: "Don't Waste Your Heart"

Probablemente sea una pérdida de tiempo preguntarle a Naomi cómo puede ser que haya hecho un compilado que pasa de Britney Spears a Dixie Chicks sin ninguna canción en el medio.

Seguramente estaba pensando en Ely y no en mí cuando eligió esa canción.

De cualquier manera, preguntarle tantas cosas a una chica en su estado, probablemente, sea una pérdida de tiempo.

Las chicas en este estado por lo general me causan un poco de rechazo, no por cómo están, sino por el deseo que sienten de *drogarse*. Pero esta vez, en particular, parece haberle bajado mucho la guardia. Tal vez sea algo bueno. Algunas chicas tienen asuntos con los que lidiar pero, tal vez, sería mejor que hablaran de ellos con alguien y no que se los fumen, o (lo que sigue) que los inhalen o les disparen.

–Pensé que Ely sería mi primera vez, ¿no suena estúpido? En verdad lo esperé. Pero él nunca esperó por mí. Estuve pendiente de él casi toda mi vida, pero nunca pude seguirle el ritmo. Ya sea en la escuela, o las citas, especialmente cuando estaba con algún chico. Siempre estaba un paso delante de mí –me confiesa, cansada y destruida.

Supongo que tiene sentido que hagas eso cuando la persona que amaste durante toda tu vida no solo no te quiso, sino que tampoco te esperó.

Supongo que, tal vez, podría ayudarla a entender que existen mejores formas de lidiar con eso.

▶ Pista N° 7
Green Day: "Poprocks & Coke"

No estoy seguro de si quiero saber cómo fue que esta canción terminó en su compilado.

¿Naomi es una de las fans viejas o de las nuevas? Quiero decir, ¿quedó enamorada de Green Day con uno de sus primeros discos, *Dookie*, o simplemente es una oyente ocasional que los descubrió a los doce años con "Boulevard of Broken Dreams"?

–No lo sé. Tiene un ritmo muy pegadizo para ser una canción *stoner*.

–¿*Qué?* –esto es un sacrilegio. Ritmo pegadizo, claro, pero es una canción sobre la devoción y esperar por algo, no sobre drogarse. Me ubico en el otro extremo del sofá. Es muy tentador colocar sus pies sobre mis piernas y darle un masaje, pero dejando a un lado el código de los conserjes que dice que sería una conducta extremadamente inaceptable, es mucho más tentador tratar de entender por qué Naomi está tan mal informada musicalmente–. ¿Qué te hace pensar que es una canción *stoner*?

–¿Su título?

–*Poprocks & Coke* es solo el título de la canción. Esas palabras no las canta en ningún momento.

–Ah –cada vez que me mira, no consigo darme cuenta si siente atracción por mí, o simplemente desinterés–. ¿Acaso importa?

Claro que sí. Cierra los ojos.

Puedo ver cómo se mueven sus pechos debajo de mi chaqueta con cada respiración.

Eso también importa.

Por más que lo quiera, no me rendiré.

▶ Pista N° 8
Destiny's Child: "Bootylicious"

"No creo que esté lista para mi jalea", por lo que la dejo descansar tranquila y me quedo mirándola.

Cuando regresó a casa esta noche, antes de refugiarse en el sofá del lobby, se acercó a mi escritorio. Se suponía que yo tenía que estar mirando el monitor de seguridad, pero en realidad estaba mirando *Court TV*. En ese momento, pensé que Naomi haría lo mismo que hace siempre cuando se acerca hasta allí: atravesarme con su mirada hasta el centro de mi alma y no decir nada más que un "Ey", para luego marcharse caminando, confiada en que me quedaré mirando el movimiento de sus caderas (correcto). Quizás, incluso me enviaría un mensaje sugestivo desde el elevador.

–Ey –me dijo, con voz rasposa y ojos rojos.

Asentí y no le dije nada, listo para saltar y atraparla en caso de que se cayera.

Esperaba que caminara hacia el elevador, pero en cambio se quedó allí.

–Esta noche íbamos a llevar al Robin-varón a juicio por crímenes cometidos contra las mujeres, por lo que Robin-varón dijo "Está bien, pero solo si puedo filmarlo", lo que demuestra por qué tenía que ir a juicio, ¿cierto? Dios, es *tan* egoísta. Pero Robin-mujer (en verdad espero que le rompa el corazón) estaba como "Bueno, necesitamos un jurado imparcial", a lo que le dije "Gabriel debería ser el juez, porque es un arcángel".

Lo que más me preocupa son las relaciones poco originales que hace Naomi con los nombres y las canciones.

Por lo menos, ahora sé que piensa en mí cuando no estoy con ella.

Eso me gusta. Adiós duda, hola esperanza.

–Entonces, ¿por qué no viniste a buscarme para ser el juez? –le pregunté.

–Robin-varón fue a buscar su Super 8, pero en cambio, encontró su pipa de agua y nos olvidamos del juicio.

Mi papá piensa que me estoy perdiendo una grandiosa experiencia al no ir a la universidad, pero sospecho que está equivocado.

Mientras Naomi está durmiendo en el sofá, me aseguro de cuidarla. Puede que duerma en posición fetal, pero su cabello sedoso sobre el apoyabrazos del sofá y sus piernas al descubierto debajo de su corta falda son demasiado sexies y poco infantiles. Verla dormir es algo completamente tranquilizador. Su respiración arrítmica provoca que su cuerpo entero se sacuda con cada inhalación. Me imagino recostado en el sofá a su lado, acariciando su cabello y con mi pierna entre las suyas, sosteniéndola y tranquilizándola.

Huele a marihuana. No es un mal olor, sino, simplemente, uno triste.

Si fuera su novio, le enseñaría a estimularse de maneras mucho más saludables.

Musicalmente. Físicamente. ➡ Espiritualmente.

▶ **Pista N° 11**
Belle & Sebastian: "Asleep on a Sunbeam"

Debo haberme quedado dormido, hipnotizado por su forma de dormir. Despierto con el sonido de algunos pasos en la entrada del lobby.

Ely se detiene a nuestro lado, solo. ¿Dónde está el novio?

Es raro verlo regresar a casa solo, pero también es un alivio. Sería incómodo que Naomi estuviera despierta y lo viera llegar. Pero si Bruce también estuviera aquí, sería, simplemente, doloroso.

Debe haber sido una canción que le gustaba a Ely.

Ahora es el turno de Ely de absorber la imagen de Naomi acurrucada en el sofá. Su mirada comienza en su cabello y se detiene en mi chaqueta de conserje cubriéndole el cuerpo; luego sigue hasta sus pies y finalmente hacia mí, a su lado.

No sé qué se supone que es lo que hago aquí. No es que me preocupe que Ely me diga que rompí el código de conducta de los conserjes. Es más, me estaría haciendo un favor al hacer que me despidan de este trabajo.

Es el silencio entre nosotros, y la incómoda y dolorosa mirada que compartimos, lo que me demuestra que estoy sentado en su lugar.

Me comienzo a levantar, pero Ely sacude su cabeza y me hace un gesto para que me quede.

—Está bien —susurra y se encamina hacia el elevador.

Saltear

Ya son las cinco y media, tengo que despertarla. Le toco el tobillo con suavidad.

—Naomi —le susurro—. La gente comenzará a venir en cualquier momento. Será mejor que te levantes.

Abre sus ojos y me sonríe perezosamente.

–Eres una bonita cara para ver por la mañana –todavía está drogada (feliz), pero aún con la guardia baja.

Está feliz de ver mi cara al despertarse. Eso es algo bueno.

Se sienta, estira sus brazos y se levanta del sofá. Me devuelve la chaqueta que le había prestado.

–Gracias –es todo lo que dice. Guardia en alto otra vez. Se marcha hacia el elevador sin despedirse.

No podemos volver al "Ey" de siempre.

–Ey, Naomi –la llamo.

–¿Sí? –me dice volteando.

¿Cómo puedo saber si estoy haciendo muchas preguntas, si nunca las hago?

Me acerco, apresurado, decidido a hacerlo.

–¿Te gustó alguna canción del compilado que te regalé?

La puerta del elevador se abre y entro, haciéndole señas para que me siga. Si alguien tiene alguna prenda para dejarme, bueno, tendrá que esperar a que baje. Presiono el botón del decimoquinto piso.

–Me gustó la canción de Kirsty MacColl –me dice a medida que el elevador sube–. No sabía nada sobre ella hasta que escuché esa canción; incluso me gustó tanto que conseguí uno de sus discos.

Bingo, como le gusta decir a los residentes del edificio. Si hubiera pensado en una canción de todo el compilado como la mejor para ella, la de Kirsty MacColl habría sido la elegida.

–¿Cuál compraste?

–No lo compré. Mamá Susan "lo pidió prestado" de la colección de Ely para mí –se lleva el dedo índice a la boca–. Shhh, no digas nada. Ey, ¿sabes algo? A ti y mamá Susan, a ambos les gustan las canciones de vaqueros.

–¿Cómo sabes que me gustan las canciones de vaqueros?

–¿Y esa canción del yodel? ¿"Blue Yodel"?

En verdad escuchó las canciones. Hay gran potencial para mejorar su gusto musical, lo puedo sentir.

–Cada vez que le ganas a Susan su dinero en esas noches de insomnio jugando al póquer en el lobby, debo decirte que le estás quitando todos sus ahorros para comprar canciones de vaqueros –agrega, casi riendo.

–¿Como cuáles? –en verdad deseo que Naomi sepa las canciones.

–Este tipo, Marty algo –me responde, encogiéndose de hombros.

Bastante cerca.

–¿Marty Robbins? –le pregunto. La inspiración favorita de papá en la ducha.

–¡Sí, ese tipo! Mamá Susan solía cantarnos sus canciones cuando nos llevaba a dormir.

–¿Cuál era tu canción favorita?

–Creo que una llamada "Big Iron". Cada vez que mamá Susan cantaba la parte que decía *el extraño aquel te dejaría planchado allí con lo que lleva en su cintura*, siempre hacía un gesto con las manos como si estuviera planchando una camisa en lugar de hacer que tenía una pistola Smith &

Wesson. Creo que recién a los doce años comprendí que hacía referencia a disparar un arma y no a usar la plancha.

La puerta se abre y Naomi se baja del elevador.

No voy a decirle nada acerca de que Susan los llevaba a Ely y a ella a la cama juntos, cuando eran chicos, como si fueran *hermanos*. Definitivamente, no había nada que Naomi pudiera esperar.

–Buenas noches, Naomi –la saludo y presiono el botón para regresar al lobby–. Dulces sueños.

–¿Patsy Cline? –pregunta antes de que la puerta se cierre entre nosotros.

Bruce Segundo
FESTIVAL

—Esta noche –dice Ely–, iremos a una versión Drag del festival de Lilith Fair.

No tengo idea de lo que está hablando. Excepto por la parte de "Drag", que es suficiente para ponerme al tanto.

Estamos en su habitación, donde se encuentra probándose una camisa con una corbata rosa. También se pone un poco de maquillaje. Lo más cerca que estuve de usar algo parecido fue cuando mis abuelas me besaban en la mejilla y me dejaban la marca de su lápiz labial.

–Será grandioso –agrega Ely–. Asistirá esta Drag Queen que interpreta a Aimee Mann y se llama a sí misma, ehm... bueno, se llama Aimee *Man*, con una sola N. Y también está Fiona Adam's... *Apple* y Sheryl Crow*bar* y Natalie Merchant-*of-Penice*, pronunciado de manera tal que rime con *Venice*. Claro.

Oh, sí, claro.

¿La verdad? No puedo creer que esté pensando esto, pero es la verdad: deberíamos estar besándonos ahora mismo. Sus mamás están en su club de libros y el apartamento está para nosotros solos; no es como mi dormitorio, donde puedes escuchar a todas las personas que pasan por el corredor y te preguntas a cada rato si alguno de ellos golpeará la puerta, como pasó anoche, antes de que Ely se marchara por mi sesión de estudio nocturno.

Aún sigo cansado esta noche, pero con mucha voluntad. Se veía prometedor cuando me besó como por quince minutos apenas llegué. Luego, cuando comenzó el toqueteo y estábamos a punto de sacarnos la ropa, se puso inquieto. Estoy seguro de que es porque ya teníamos planes y porque probablemente pasó una hora entera cambiándose y, como me quedaré toda la noche, tendremos tiempo de sobra más tarde, pero no puedo dejar de sentirme poco sexy. Quiero decir, se supone que yo soy quien tiene que estar ansioso o incómodo, *¿Hola? Nuevo gay aquí.* Luego, comienza a hablar sobre las Drag Queens como si fueran sus amigas personales, y no solo me siento poco sexy, sino completamente fuera de onda. Y no preparado. Y un inepto. E inseguro. En serio, lo único que hacía falta para derrumbarme era agregar otra palabra sin sentido a todas esas palabras sin sentido y desalentadoras.

–Será divertido –me dice Ely. Es su frase para decirme *Vamos, inténtalo.* La oí un montón de veces, ya sea que me esté persuadiendo de probar comida de la India (veredicto: divertido), de ver una película en blanco y negro subtitulada sobre la muy, muy, muuuuuy lenta ruptura de un matrimonio (no divertida), o de lamer un poco de crema de su pecho (rico).

Es tan predecible con su "Será divertido", y yo soy igual de predecible, porque como siempre, voy a acompañarlo.

–¿Qué es el festival Lilith Fair? –le pregunto–. Suena como si fuera un lugar en el que las lesbianas corren de un lado a otro con sus disfraces renacentistas.

–No estás tan equivocado –me contesta–. Era un festival de mujeres que se realizaba en la década de 1990. Lo organizó Sarah McLachlan luego de que le dijeran que nadie pagaría para ver a más de una cantante femenina en la misma gira. Recaudó millones.

–¿Está bien lo que llevo puesto? –le pregunta mi poco sexy, fuera de onda e inepta inseguridad inexperta.

Soy consciente de que la mayoría de los novios se encogerían de hombros y dirían que sí, que me veo bien. O incluso, en un buen día, que estoy maravilloso. Pero las ventajas y desventajas de tener una conversación con Ely es que siempre dice la completa verdad.

Por eso, en lugar de recibir un "Sí, cariño, estás bien para salir", recibo un "¿Quieres que te preste mi camisa de *Penguin*? Se vería genial en ti".

Dios, ayúdame, imagino que me prestará una camisa negra con el pecho blanco, algo que me hará ver como un... pingüino. Pero, al parecer, *Penguin* es una marca, porque la camisa que me entrega tiene como cuatro tonalidades de verdes, algo como un uniforme de preparatoria. El verde es un color que por lo general me gusta, pero no estoy seguro de usar tantas tonalidades a la vez.

–Luces asustado –me dice y suelta una risita–. Quedémonos con el negro.

Me encanta lo informal que es con su ropa. Como yo soy hijo único, nunca usé la ropa de otra persona, y nunca nadie quiso usar la mía.

–Siempre que dudes, usa negro.

Eso es lo que diría Naomi, y ahora resulta que Ely repite exactamente lo mismo. Me pregunto quién lo aprendió primero. O si lo aprendieron a la vez, en el curso de orientación de Chicos Buena Onda que me perdí en la universidad.

Su camisa me queda demasiado ajustada, pero él no parece notarlo.

–Me siento desnudo –le digo. Puedo ver la forma de mis pezones.

–Toma –responde Ely, acercándose con un lápiz de maquillaje–, esto te ayudará.

–Creo que mejor paso de usar eso –doy un paso atrás.

–Es delineador de ojos –me dice, sonriendo–. No maquillaje. Delineador.

–Me gusta mi delineado natural –le comento.

–A mí también.

Hace un movimiento como si fuera a guardar el lápiz, luego se lanza sobre mí y me rodea con sus brazos.

–Cierra los ojos –me indica.

–¿Qué estás haciendo? –le pregunto. Tal vez tiene un lápiz labial en su bolsillo.

–Nada –me contesta–. Confía en mí.

Cierro mis ojos y siento que se aleja. Pero luego vuelve a acercarse y apoya un pincel sobre mis mejillas.

Pestañas. Sus pestañas. Rozándome.

–Ten cuidado –susurra–. Creo que tengo que limpiarte un poco.

–Cojones –le susurro.

El Festival Lilith Fair se lleva a cabo en el lado este de Manhattan, en un club en el que no estoy seguro de poder entrar.

–No tengo identificación –le recuerdo a Ely.

–Si el guardia te da problemas, le mostraré mi pene –me responde.

Definitivamente, no me siento mejor.

Me siento mucho peor cuando llegamos y vemos que hay una larga hilera llena de hipsters sin onda, Drag Queens intentando llamar la atención, aspirantes a strippers y algunas celebridades del momento.

–Parece que mucha gente se enteró de esto –balbucea Ely. Resulta un poco dulce verlo entre una multitud que no lo conoce. Significa que tiene que esperar en la hilera al igual que el resto.

–Una vez –dice Ely y esperaba que agregara "En el campamento de bandas", pero en cambio menciona el nombre en cuarentena–, con Naomi decidimos ir a la Noche de los Mil Stevies, solo para ver a todas las chicas y chicos disfrazados de Stevie Nicks. ¿Qué hizo Naomi? Pensó que sería mucho más divertido si se disfrazaba de Stevie Wonder. Había una Drag Queen que casi la ahorca con su vestido. Qué recuerdos.

La hilera se mueve lentamente y algunas personas delante de nosotros regresan por donde vinieron, lo que solo puede significar una cosa: el guardia en verdad está haciendo su trabajo.

No hay ninguna manera de que yo pueda pasar.

No sé por qué pero es un hecho objetivo; nunca en mi vida me botaron de un lugar, por el simple hecho de que nunca corrí el riesgo de que eso sucediera. Lo que quiero decir es que puedes avanzar bastante bien por la vida si evitas ir a lugares con guardias en la puerta. O sea, estos tipos no están en el supermercado o en la biblioteca.

–Por cierto, ¿cómo se llama este lugar? –le pregunto.

–No lo sé –responde Ely–. Cambia de nombre todas las noches.

Es muy probable que el nombre sea un sustantivo singular bastante pretencioso (los lugares como estos en donde rebotan a los hipsters por lo general llevan un nombre de ese estilo). No es muy diferente a los perfumes: *Me coloco un poco de Encanto para ir a Fuga en el centro*. O algo como: *Aplico un poco de Manierismo sobre mis muñecas y viajamos desde Pagano a Reacción, a Veta, para terminar la noche en Final*.

Personalmente, si alguna vez abro un bar, lo llamaré Inquisición.

El guardia de esta noche tiene una apariencia que, definitivamente, nunca vi en la clase de Economía. Es un tipo enorme vestido con lo que parece ser una bolsa de tela de paracaídas.

Ely se ríe al ver al tipo, pero no entiendo por qué. La situación se pone peor cuando llegamos al primer lugar de la hilera

–¿Quién soy? –me pregunta el guardia, mirándome fijo a los ojos.

Me quedo pensando *¿acaso te conozco?* y Ely aparece detrás de mí.

–¡Eres Missy Elliot! La chica afroamericana del segundo año del Lilith Fair.

Definitivamente, esa es la respuesta correcta, pero el guardia no me dará el premio a mí.

–No te preguntaba a ti –le dice a Ely–. Tú entra, él se queda afuera.

Es un poco humillante. Estoy seguro de que Ely entra porque es atractivo, y yo no porque no lo soy, dejando de lado el cuestionario sobre música.

–Vamos… Por favooooooor –le dice Ely, haciéndole ojitos.

El guardia sacude su cabeza de lado a lado y comienza a mirar al tipo que se encuentra detrás de mí, que tiene el cabello con trenzas.

–¡Te muestro mi pene! –le ofrece Ely, juguetón.

Al escuchar eso, el guardia sonríe y vuelve a mirarlo.

–Aquí –le dice Ely y antes de que pueda detenerlo, se desabrocha la bragueta de su pantalón y estira el elástico de su ropa interior para que el guardia curiosee.

–Nada mal. Tienes mucha suerte –me mira a mí y agrega–: Tú también.

Al pasar, el guardia me da una palmada en el trasero.

Definitivamente, no estoy de humor para todo esto.

Ely está reluciente, como si hubiera ganado un concurso en un Reality Show.

–No hacía falta que hicieras eso –le digo.

–No te preocupes. Lo hago siempre.

Y supongo que debería haberle repetido: *En serio, no tendrías que haber hecho eso.* No es que haya algo malo en lo que hizo, es su pene, puede mostrárselo a quien quiera. Dejemos eso a un lado. Pero es como si me hubiera dado una nueva definición suya para que reconsidere y me sienta incómodo. No soy la clase de chico que tiene un novio que le muestra el pene a extraños. Eso es seguro. Y acaba de demostrarme que él sí es la clase de chico que lo hace. *Y ni siquiera está ebrio.*

Por eso.

Ergo.

Erg.

Argh.

Puaj.

Estamos en caminos completamente distintos ahora, nuestra noche se divide en direcciones opuestas. Él va por arriba. Yo, por abajo. El club está atestado de personas y el

DJ pasa sus remixes con los clásicos del festival Lilith Fair. A Ely le encanta, le encanta (me doy cuenta de eso porque está gritando "Me encanta, ¡me encanta!"). Toma un Fiona Appletini en el bar y lo acompaño con otro, pero por una razón completamente distinta: la suya, para exaltarse, la mía, para desaparecer.

Mi novio es un éxito. Muchos chicos se le acercan para coquetear con él. Algunos ya lo han intentado varias veces y Ely no recuerda a ninguno por sus nombres. Sostiene mi mano mientras habla con ellos. Por lo general, por mi forma de ser, esto me haría sentir un poco mareado, pero ahora siento que debería decirle *Oh no, no, no, no te preocupes por mí, ve, diviértete. Yo solo volveré a casa a ver televisión.*

Es gracioso, porque Naomi seguramente sabía cómo era todo esto. Aunque ella, por lo menos, podría conseguirse a alguien. Yo cuando coqueteo me asemejo mucho más a un mimo.

Quiero apartar a Ely hacia un lado y preguntarle *¿Quién eres?* y *¿Por qué todavía no hemos tenido sexo?* (¿Dormir juntos? Sí. ¿Primera, segunda y tercera base? Listo. ¿Por completo? No), y *¿Por qué estás conmigo?* Pero tengo miedo de sonar demandante y, como estoy tan resentido, no tengo deseos de estar con él en este momento. *Y ese fue el momento en el que comenzó a desearme. "Lo siento", le dije, "pero tienes un grave problema de deseos".*

Y tal vez, yo *sí* tengo problemas de deseos. Deseo irme. Deseo estar a solas con él. Deseo ser la clase de persona que tiene un novio que le muestra su pene a un extraño (una vez, solo para entrar al club). Deseo ser lo suficientemente buena onda. Deseo borrar todos estos pensamientos (todos los pensamientos y punto), y pasarla bien.

Pero Ely no puede mostrar su pene frente a mis deseos y marcharse.

Me siento un mutante entre mutantes. Como el chico que apareció en la Escuela Xavier para Jóvenes Superdotados y descubrió que, *ups*, no tenía ningún tipo de superpoder.

Estoy tan cansado de estar fuera de onda. Puedes vestirme bien, darme un novio con estilo, incluso reírte de una de mis bromas de vez en cuando, pero la ansiedad siempre me delata.

La parte techno del Lilith Fair termina, y comienza el show principal. La anfitriona es una Drag Queen que se llama a sí misma Sarah Mc*Labioscerrados*, y comienza a pedir algunos voluntarios del público para el acto de apertura, aparentemente, Paula Cole-*Asesina-de-Menores* se retiró y nadie se dignó a avisarles a los organizadores. La música está lista, solo necesitan una Paula.

Antes de que pueda decir "¿A dónde se fueron todos los vaqueros?", Ely sube al escenario.

–Como mi amiga Naomi tiene las cinco temporadas de *Dawson's Creek*, creo que conozco bien esta –dice y luego agrega, preparándose–: Esta es para Pacey, por ser un estúpido. Y para Jen, que nunca tuvo el respeto que se merecía. Y para Bruce.

("¿Bruce era el gay?", le pregunta la chica que está junto a mí a su novio con piercings. "No, ese era Jack", le contesta el punk, "el hermano de Andie". "¡Oh, me encantaba Andie!", grita la chica).

Ely ni siquiera trata de sonar como Paula Cole. En cambio, hace que la canción suene como si fuera su día de graduación.

No quiero esperar
A que nuestras vidas terminen…

Ya que ni Pacey ni Jen están en el lugar, me mira directo a mí mientras canta. Yo le sonrío y lo aliento mientras cantamos todos juntos a la par cuando nos pide que lo hagamos. Pero lo que pienso por dentro es esto: *Tampoco quiero esperar. Y no quiero que tú tengas que esperar.*

Todos lo adoran. ¿Qué más puedo darle, aparte de lo que hace todo el resto?

Cuando termina la canción, Ely es mucho más popular que antes. La gente le compra tragos y él coloca su mano sobre sus hombros para agradecerles. No es una invitación, simplemente está siendo amable. Seguro, si le ofreciera tomarme de la mano, lo haría. Pero no lo hago. Simplemente me siento fuera de lugar, completamente fuera de lugar.

No lo juzgo a él, sino más bien a mí, por no haber sido capaz de seguirle el paso.

Finalmente, le aviso que tengo que ir al baño. Una vez allí, la persona delante de mí definitivamente es Natalie

Merchant-*of-Penice*, ya que en su camiseta se puede leer SE LA CHUPÉ A 10.000 MANIÁTICOS Y LO ÚNICO QUE RECIBÍ FUE ESTA ESTÚPIDA CAMISETA. Se toma tanto tiempo allí dentro que me preocupa que haya encontrado a su maniático N° 10.001, pero cuando sale, está sola.

–Simplemente quería agradecerte –me dice al pasar junto a mí y no se me ocurre qué otra cosa hacer más que asentir con la cabeza.

Trabo la puerta y hago lo que debo hacer. Pero luego, simplemente me quedo allí sentado, porque me doy cuenta de que no quiero ver a Ely. De hecho, decido que en realidad me iré del lugar sin decirle nada para no arruinarle la noche. Quiero que se quede y se divierta. Le enviaré un mensaje cuando me encuentre lejos. No quiero ser aguafiestas. Aunque, claro, no me molestaría que decidiera seguirme.

Me quedo mirando las inscripciones sobre los paneles del baño. Algunos incluso tienen dibujos, pero no logro entender ni la mitad de ellos. Luego de haber estado leyéndolas por casi dos minutos, una persona golpea la puerta y me doy cuenta de lo que estaba buscando: definitivamente no palabras sabias, sino un simple espacio en blanco.

Encuentro uno bajo una inscripción que dice: *La Cura. ¿Para los Ex? Lo siento, Nick. Tú sabes. ¿Me besarías de nuevo?*

Tomo un bolígrafo de mi bolsillo y comienzo a escribir:

Ely, deseo. A ti, a mí, y todo lo que sigue. Deseo ser alguien para que esto funcione, pero no sé si esa persona pueda ser yo. Porque estoy tan fuera de onda y tan asustado.

Me pregunto si se supone que deba firmarlo o algo, pero comprendo que si lo llegara a ver, sabría inmediatamente que lo escribí yo. Y si no comprende que fui yo… bueno, entonces esto no tenía que suceder, de todas formas.

Al salir del baño, la persona que estaba esperando me dice prácticamente todo lo contrario a un "Simplemente quería agradecerte", pero no le doy tanta importancia. Miro alrededor buscando a Ely, pensando que tal vez deba despedirme en persona. Pero cambio de idea cuando lo veo en la barra, tomando su brillante bebida verde mientras conversa con el guardia de la entrada y otros dos chicos gay que se parecen tanto que podrían ser gemelos. Todos ellos ríen y disfrutan el momento.

Me siento un extraño en ese lugar. Un extraño para Ely y para ese ambiente. Por eso me dirijo hacia donde los extraños pertenecen: afuera.

Nunca podré encajar con él. Nunca.

Soy consciente de que es la decisión incorrecta, pero siento que es la única que me queda. Por eso, la tomo.

Naomi

ARRIBA

¿Fuiste tú la que se rio desde la otra
punta del salón?

Nunca pensé que el sonido de mi risa podría llegar hasta
el asiento de Robin (♀) en la otra punta del salón y desde
donde me envía mensajes durante la clase de Introducción a
la Psicología. Por suerte, no me tiré un pedo.

Sí, le respondo. La nueva manía de Bruce
Primero es enviarme e-mails todos los
días con citas inspiradoras.

Copio y pego en la ventana de diálogo el correo que me
envió hoy para mostrarle a Robin.

"Y aprendí lo que es obvio para un niño.
Que la vida es una simple colección de
pequeñas vidas, que cada una dura solo
un día. Que deberíamos dedicar ese
tiempo a encontrar la belleza en las

flores y en la poesía, o en hablar con
los animales. Que no hay nada como un
día dedicado a soñar, a disfrutar la
puesta del sol o la refrescante brisa.
Pero, sobre todo, aprendí que la vida
es sentarse junto a un viejo arroyo,
poner mi mano en su rodilla y quizás,
en un buen día, enamorarse".
—Nicholas Sparks

Desde el otro lado del salón puedo escuchar que Robin suelta una risa dos veces más fuerte que la mía. Schenectady realmente sabe cómo criar a sus chicos.

Estos son los números: posiblemente, hay cien estudiantes en el salón. El ochenta por ciento toma notas de la clase en sus computadoras a medida que el profesor habla sobre unos experimentos enfermos en donde les dicen a las personas que realicen algo completamente diferente al comportamiento por el cual los analizaban (los psicólogos pueden ser unos malditos enfermos, pero no quita que sean unos excelentes mentirosos, respeto eso). El veinte por ciento restante parece estar dormido y, seguramente, la mitad de aquellos que toman notas esté mandando mensajes o buscando parejas en algún sitio web de citas, en lugar de estar prestándole atención al profesor. Las probabilidades de que desapruebe la materia son de 60/40 (la asistente del profesor parece tener algo conmigo, pero no puedo fingir enamorarme de ella por más que sea para aprobar la materia). Pero sigo aquí. Las chances de que continúe asistiendo a cualquiera de estas clases son nulas.

Pero tenía que escapar de mamá. Se tomó otro día de licencia en el trabajo y, como no podía tener el apartamento para mí sola (el lugar en el que, sin duda, estaría si no estuviera aquí ahora mismo) y no hubiera aguantado estar, por tercer día consecutivo, en la cama gigante de mamá leyendo revistas de moda y mirando películas mientras ella duerme, opté por venir a clase. Pero llegué demasiado tarde como para ubicarme junto a Robin, que se sienta en la primera fila como toda chica responsable.

Me contesta:

> ☹ Creí que Bruce Primero ya te había superado.

Le contesto:

> Creo que ya lo ha hecho. Pero, eso sí,nunca superará a Nicholas Sparks ☺

Esta vez, nos reímos a la par, solo que yo lo hago estruendosamente y el profesor detiene su clase para señalarme.

–Tú, en el fondo. ¿Tienes algo para compartir con el resto de la clase? ¿O los experimentos para ver la reacción de los humanos ante la tortura animal te parecen graciosos?

–Lo lamento –balbuceo al notar que cientos de rostros voltean hacia mí.

Mentira. No lo lamento.

De verdad, quiero levantarme e irme. Tan simple como eso. Salir de esta clase y dejar esta universidad. Por mi bien.

Solo que no tengo ningún lugar a dónde ir ni nadie que me acompañe.

Ely.

Es como si pudiera sentir su aroma.

En verdad quería escaparme del salón, pero de pronto lo veo por la ventana del frente, caminando por el corredor con un grupo de chicos gay, fácilmente identificables por la cantidad exagerada de gel en su cabello y por la ropa que seguramente eligieron con mucho cuidado. Por eso, decido que no estará mal quedarme hasta que termine la clase. No hay señales de Bruce Segundo. Debe ser el día de reunión de los Chicos Gay con Supuesta Superioridad Musical Que Reciclan Por Un Mundo Arcoíris Más Verde.

Luego: `Auch.`

Sé que Robin se refiere a Ely y no a lo que me dijo el profesor.

`Viajan en grupo, ya sabes.` Le respondo.

`¿Quiénes?`

☻Los chicos gay ☻

Es verdad. Desperdicié mi tiempo creando reglas para no cruzarme con Ely en el Edificio cuando en realidad tendrían que haber sido para evitarlo en Cualquier Otro Lado. A veces lo cruzo en la fila del Mud-Coffee Truck frente a la tienda de Virgin en la Union Square o a punto de besar a Bruce Segundo. O a las seis de la mañana sentado junto a la ventana del restaurante ucraniano que está abierto las veinticuatro horas, cuando cruzo la calle del Starbucks en la Segunda Avenida y la Novena del Este, un lugar que elegí solo para evitar verlo a él; pero allí está, comiendo con un grupo de chicos gays luego de una larga noche de fiesta, con *mi* camisa rosa y bajando la mirada compulsivamente cada dos minutos para ver si recibió algún mensaje mío, aunque sabe *muy bien* que eso no ocurrirá. Ya no es solo el Edificio lo que nos queda chico, sino toda la maldita ciudad antes de la Calle 14.

Desearía que mis ojos mintieran, pero noto que Ely luce más feliz con él, con ellos, mucho más de lo que alguna vez lo fue conmigo. Se lo ve mucho más cómodo, relajado, como si hubiera sacrificado un elemento crucial de su vida y no lo quisiera recuperar para no tener que preocuparse de que una bomba estalle en cualquier momento a su lado. Seguramente prefiere estar rodeado de gente de su tipo. No todos los chicos gays necesitan tener como mejor amiga a una chica heterosexual de accesorio. *Esa* es la mentira.

¿Qué hay con Gabriel?, me pregunta Robin.

Me invitó a Starbucks.

Eso es bastante. ¿Aceptarás?

Todavía no. Pero lo estoy pensando.

Bien. Si Bruce Primero puede salir adelante, tú también.

Me impresiona ver que Robin pueda mandar mensajes tan rápido cuando también toma notas de la clase. Siempre admiré a las personas que pueden hacer varias cosas a la vez. Por eso, decido seguir su ejemplo. Abro un nuevo documento en mi computadora.

COSAS PARA DISFRUTAR SIN ELY

1. Bingo.

Ely arruinaba por completo mi suerte. Nunca pude ganar cuando él estaba sentado a mi lado, pero ya que hemos acordado alternarnos para asistir a las partidas de bingo de los martes, descubrí que poseo una veta ganadora. ¿Quién iba a saberlo? Ahora las personas mayores del Edificio me tocan para tener suerte cuando pasan cerca de mí, lo juro.

2. Frappuccinos.

El delicioso sabor que Ely odia. ¡Mmmmmmmmmm!

3. Dawson's Creek.

Ely era de los que querían que Dawson y Joey estuvieran juntos (y no creo que haya sido porque Dawson era *claramente gay*; sino porque Ely realmente creía que la chica al otro lado del arroyo, Joey, era su verdadero amor). En cambio, yo era más de las que apoyaban el amor entre Pacey y Joey. Pero debatir el asunto con Ely ahora ya no tiene sentido porque el episodio final demostró que yo estaba *completamente en lo cierto*.

4. Amarás a tu persona.

Está bien, ya dejé de leer la revista *Seventeen* por completo (algunas cosas son sagradas), pero incluso leer *Cosmopolitan* sin Ely ya no es lo mismo. Taparles el rostro a las modelos con nuestra colección de crayolas, ya no tiene sentido si lo hago sin él (Ely dibuja penes mucho mejor que yo). Pero *Cosmopolitan* aún sirve para algo: te ayuda a pensar en alguien que te guste demasiado mientras te toqueteas y hace que logres resultados muy (*muy*) satisfactorios. Y cuando imagino a Gabriel tocándome aquí, allá y en todos lados mientras hago eso, siento cosas que nunca antes sentí cuando fantaseaba con Ely. Me hace querer encontrar ese punto con una persona de verdad, una persona llamada Gabriel y no Ely.

Oh, Dios mío. No hay duda alguna de que me saltearé la clase. El profesor decidió pasar unas diapositivas auspiciadas por Personas por el Trato Ético a los Animales, aparentemente. No puedo mirar y tampoco quiero que Robin lo mire. Por eso, la distraigo con un nuevo mensaje:

¿Qué se siente tener sexo?

Voltea para mirarme a los ojos y abre la boca, sorprendida. Luego, me contesta:

¿En serio? ¡¿¡¿Todavía no lo has hecho?!?! ¡¿¡¿TÚ?!?!

Me encojo de hombros y le respondo: 💀. *Casi* lo hago con Bruce Segundo, pero en el momento me di cuenta de que lo estábamos por hacer sin sentir nada el uno por el otro en realidad, y creo que a él también le pasaba lo mismo, y por eso nunca insistió como lo hacen la mayoría de los chicos. Y no creo que haya sido porque es *probablemente muy gay*, sino más bien porque simplemente es un buen muchacho.

Odio eso.

Espero que encuentre lo que está buscando.

Bruce Segundo, se terminó.

Robin responde:

La gente dice que deberías esperar a hacerlo con la persona que amas, pero creo que lo más importante es hacerlo con alguien que te guste. Quiero decir, esa persona te verá desnuda, ¿lo sabes, no? Y estará dentro de ti.

No lo hagas por el simple hecho de
hacerlo, pero tampoco esperes a que
una fantasía se vuelva realidad.

¿Amigos?

Voltea de nuevo y sonríe.

Claro. ☺

Y, de pronto, siento que me caeré de mi asiento de tanto
😄 reír 😄. Porque me imagino a Ely encima de mí, desnudo, penetrándome y la imagen mental está *tan completamente
mal*. La intimidad puede ser encantadora, las intenciones
buenas, él arriba y dentro de mí, pero es extraño y forza-
do (mucho peor que la asquerosa imagen mental de mirar
porno, porque los *sentimientos* dentro de nuestro compuesto
químico simplemente no son los correctos. Naomi + Ely
nunca debería ser = a sexo.

A Ely le gustan los chicos. A mí me gustan los chicos. Yo
soy una chica.

📱 *Ring* 📱 *ring*, Naomi. ¿Cómo es posible que hayas
ingresado a la universidad si eres tan tonta que te tomó todo
este tiempo hacer la conexión y entenderlo por completo?

No es gracioso, pero no entiendo por qué me estoy riendo tanto. Esa imagen mental, que no es una fantasía, es simplemente ridícula.

Nunca entenderé por qué el género es tan importante para los rituales de apareamiento, no tiene sentido: el amor es amor, la atracción es lo que es, ¿por qué la asignación arbitraria de tus genitales tiene que definir si quieres o no estar con determinada persona?

Pero la realidad es que sí importa.

También odio eso.

Pero es así.

Y si tengo que enfrentarme con la fría y dura verdad, alguien más también debería hacerlo.

`Me largo de aquí,` le envío a Robin.

`¿Te marchas en medio de la clase? ¿A dónde irás?`

`A casa.`

El luto tiene que terminar. Para ambas.

Ya es hora de sacar a mamá de la cama.

Ely

FÁCIL

*L*uego de algunos días de momentos incómodos y de ser ignorado por Bruce, convoco una reunión de emergencia de las Dairy Queens. Con Naomi y Bruce fuera de alcance, necesito ayuda del sistema de respaldo. Creo que si uno está atravesando grandes dilemas o problemas personales complicados, siempre es de gran ayuda tener el punto de vista de algunos chicos gays que crecieron en el campo. Todas las cosas por las que tienen que pasar hacen que mis problemas se vean muy insignificantes. Y cómo hacen para mantener el estilo… bueno, todos podemos aprender mucho de eso.

Nos juntamos luego de clases. Shaun (defensor del equipo de fútbol americano criado en Nebraska) lleva puesta la camiseta de rugby que usa de vez en cuando y unos jeans; antes solía rechazarlo por su "actuación-heterosexual" hasta que finalmente comprendí que estaba siendo él mismo, y que jugar ese papel era simplemente una forma extraña de que los chicos gays se odiaran entre ellos y a sí mismos. Art (de Idaho) lleva puesta una remera XXS con la inscripción YO NO SOY TU PERRA. Neal (nuestro amigo transgénero del sur de Illinois), quien es demasiado atractivo en el sentido de

Chico-británico-con-su-corbata-a-rayas-torcida, e Ink (que vivió momentos tan duros en Missouri que su primer tatuaje fue SÁQUENME DE AQUÍ en el lado interno de su brazo) con su extravagante estilo. Ha pasado mucho tiempo desde la última vez que los necesité de esta forma, y son demasiado buenos conmigo al no decir nada al respecto.

Mientras salimos de la universidad pasamos por la clase de Psicología de Naomi. Solía aprenderme sus horarios primero, antes que los míos, y pensar en ello me hace sentir un poco de nostalgia. Pero no puedo invitarla a que venga con nosotros, no ahora (en mi vida solo puedo lidiar con un problema a la vez, porque si los considerara todos al mismo tiempo podría caer en un aljibe sin una cubeta para sujetarme).

No soy el único con problemas.

Mientras caminamos por el Washington Square Park (mucha gente conocida, mucho ruido) hacia el Hudson en el centro, Ink comienza a hablar sobre la vez que intentó llamar a su madre para saludarla por su cumpleaños, pero ella no quiso hablar con él y no hubo forma de que su hermana la pudiera convencer de que lo hiciera. Art luego nos cuenta, otra vez, sobre la salida nocturna sádica (sádica en el mal sentido) con una cita que consiguió por Facebook, que terminó siendo como veinte kilos más pesado, seis años más grande y cinco horas más aburrido que cuando se mandaban correos electrónicos. Luego, Neal comenta que su ex comenzó a llamarlo otra vez, haciéndole insinuaciones sobre su trasero que casi le cuestan su nueva relación.

Shaun no cuenta nada sobre él, y me pregunto si es porque yo estoy allí. Si bien salí con Ink por una semana durante el curso de orientación de estudiantes de primer año y besé a Neal una vez en una fiesta, Shaun era el único que no estaba en la Lista de No Besar hasta que fue demasiado tarde. Coqueteé con él despreocupadamente y casi se termina derrumbando todo.

Caminamos hasta que llegamos al Rockefeller Park, a orillas del río. No bien pisamos el césped, Neal me pregunta si me pasa algo y si sé algo de Bruce.

Es una pregunta simple, pero mi respuesta tarda veinte minutos en llegar. Comienzo a contarles sobre la noche en que Bruce desapareció, porque si bien Neal y Art estaban allí, Ink y Shaun, no. Les explico lo confundido que estuve y cómo aún lo sigo estando, quizás, mucho más ahora. Lo admito: debería haberme dado cuenta mucho antes de que Bruce había desaparecido. Al principio solo pensé que había una larga fila en el baño de hombres, porque, la mayoría de las veces, es así. Luego pensé que había encontrado algunos amigos y estaría hablando con ellos, o algo. Pero no fue hasta una hora después que me percaté de que no sabía nada de él; guau, había pasado una hora. Confieso que incluso pensé *Ah, mierda, ahora voy a tener problemas por dejarlo solo por una hora*. Nunca se me ocurrió pensar que me abandonaría sin despedirse. Busqué por todos lados e incluso les pedí ayuda a Neal y Art para buscarlo. Les pregunté a los que estaban en la fila del baño si habían visto a alguien que se pareciera a

Bruce, pero me contestaron que la única persona en el baño en ese momento era una Drag Queen inspirada en Jewel. Finalmente, me topé con el guardia disfrazado de Missy Elliot, que me dijo que mi lindo amigo se había marchado. Revisé mi casilla de mensajes de voz y de texto y no había nada. Incluso le pedí a Neal que me enviara un mensaje y a Art que me llamara, para asegurarme de que el teléfono funcionaba bien. Intenté llamar a Bruce, pero no atendió. Le envié un mensaje que decía:

¿En dónde estás? ¿Estás bien?

Al final, luego de diez minutos, me contestó:

Estoy sano y salvo. Diviértete.

Y eso fue todo. No hubo disculpas. No hubo explicaciones. Algo que nunca hubiera esperado de él. De hecho, yo era el que actuaba de esa forma. Eso de ser tan descuidado.

Le envié otro mensaje, preguntándole qué pasaba. Con Neal y Art salimos del club y nos fuimos a comer un par de crêpes a las tres de la mañana. Al llegar, encontramos un grupo grande de chicos gays y tomamos unas sillas para sentarnos con ellos. Me sentía como en casa: todo ese coqueteo, esas miradas provocativas, ese deseo puro de conseguir afecto… Ese era un juego que sabía jugar muy bien. Pero en lugar de seguir el juego, me pasé todo tiempo mirando mi teléfono, esperando una respuesta. Si se hubiera tratado de otro chico, simplemente lo habría llamado para dejarle un mensaje de voz diciéndole que se pudra. Pero Bruce no es uno de esos chicos. Es Bruce.

Ya pasaron cuatro días desde ese episodio y solo hemos hablado dos veces, ninguna muy buena. Les cuento a las Dairy Queens que me había dicho que quería *tratar de entender la situación*. Se disculpó por haberse marchado, pero desde entonces no ha hecho ningún esfuerzo por regresar.

–Eso no se ve bien –comenta Neal, sacudiendo su cabeza–. Es una alerta naranja, especialmente para rupturas.

–Y el naranja es un color *demasiado* complicado –agrega Art.

Yo también soy consciente de que Shaun está aquí. Verlo me recuerda todo lo malo que he hecho antes. Se ha convertido en un patrón tan común como usar ropa a cuadros: salir con alguien y perderlo. Shaun fue diferente comparado con el resto, porque, cuando lo dejé, me recriminó llorando y a los gritos todo lo que le había hecho, diciéndome que me iba a terminar graduando con una especialización en Follar y Escapar. Porque eso es lo que yo era, un chico F&E. Shaun ya me había visto en ese plan y, seguramente, caer en él lo hizo sentirse aun más estúpido… y a su vez, me hizo sentir aun peor a mí. Como si lo hubiera sabido desde antes. Pero lo más difícil fue que siempre creí en él, desde el principio; nunca F…llé con la intención de Es…par. Pero al final (cuando llega), los chicos nunca lo entienden. Solo Naomi lo hizo. Luego de haber terminado con Shaun, fui directo a ella, llorando. "Duele lastimar a las personas cuando nunca tuviste esa intención, ¿no es así?", me preguntó. Le contesté que sí. Que de verdad dolía mucho. En las relaciones casuales, en las que todo se dejaba en claro desde el principio, estaba bien. Pero cuando querías que funcionara, cuando realmente pensabas que podría convertirse en algo… entonces F nunca valió la pena de E.

Pero se suponía que con Bruce era diferente. Con Bruce intenté ser más cuidadoso. Traté de zafar del patrón. Decidí que si no pasábamos a la parte F, la parte E nunca ocurriría. Traté de aminorar la marcha (*algo que no es fácil para una persona como yo*). Y comprendí que retrasar el sexo haría que crecieran las cosas que se sienten en el corazón. Era como si me hubiera presentado a un examen y lo estuviera aprobando por una sola razón: él me gusta. Demasiado. La atracción sexual todavía está allí (no fui tan tonto como para elegir a alguien *feo*), pero intenté concentrarme en otros aspectos atractivos de su persona. Como su torpeza. Su bondad. Su *sinceridad*. Me hace querer ser atractivo de esa forma también.

Sin F, no habría E. Estaba haciendo todo bien.

Pero terminó siendo él quien escapó.

No les puedo decir todo esto a las DQ, mucho menos con Shaun justo aquí, porque sé que todavía estamos en la etapa en donde oye su propio nombre cada vez que digo algo sobre novios.

Por eso, decido no contar nada al respecto ni cómo me sentí en ese entonces.

–Lo intenté. De verdad, lo intenté. Y es tan frustrante que ya nada importa –les digo.

–Al menos lo intentaste –dice Neal para reconfortarme.

–Claro –secunda Art e, inmediatamente, se escucha la voz de Shaun.

–Entonces, ya es tiempo de que dejes de intentar.

Noto un poco de furia en su voz y pienso: *sí, me lo merezco, de verdad lo merezco.* Pero me doy cuenta de que no está enojado por lo que le hice a él, sino por el simple hecho de que estoy quejándome.

Es como si Naomi me estuviera hablando y regañando.

–Escucha –ella y Shaun me dicen–. Te estás rindiendo. Una y otra vez dices que eres miserable y eso solo demuestra que piensas que todo gira en torno a ti. Pero no todo lo que importa eres tú. El amor no funciona de esa manera.

Neal me mira con simpatía en sus ojos.

–Tú piensas que es fácil, ¿no es así? –me pregunta–. ¿En serio pensaste que había una forma de ser fabuloso, fantástico y tan perfecto que sería completamente fácil? Nunca es fácil para nadie. Sabes eso, ¿verdad?

No sé por qué todo esto me llega al corazón. Porque es verdad. Supongo que una parte de mí creyó que sería fácil. Que algo que vale tanto podría simplemente caer en tus manos sin esfuerzo. Porque eres lindo. O atractivo. O carismático. Algunas veces, todo eso puede simplificar las cosas, pero nunca hará que todo sea completamente fácil. Pensé que cuando encontrara a la persona indicada, sería fácil. Él sería mío y yo, de él, y eso sería todo. Y con Naomi. Yo sería suyo y ella, mía, y eso sería todo. La relación perfecta. La relación ideal. ¿Qué clase de tensión podría existir entre una chica heterosexual y un chico gay? Ninguna. Fácil.

No. No, no, no, no. No es fácil. Las cosas que importan no son fáciles de conseguir. Sentir felicidad no es fácil. La felicidad misma no lo es. Coquetear es fácil. Amar, no. Decir que eres su amigo es fácil. Ser amigos, no.

–¿Ely? –me llama Neal. Aún no he respondido su pregunta; pero, en lugar de hacerlo, comienzo a reírme de mí mismo. Por haber sido tan tonto. Por no haberlo entendido.

–Lo siento –respondo, para que las DQ no piensen que me río de ellas–. Es solo que… *Realmente* pensé que sería fácil. Para mí.

Al escuchar esto, Neal se acerca y coloca su brazo sobre mi hombro. Ink se ríe a la par mía. Shaun me lanza una mirada que dice: *Sí, eres un estúpido, ¿no?* y Art solo me da una palmada en la pierna, como si hubiera aprendido un nuevo truco.

Ahora lo entiendo. Juro que lo entiendo. Y es como si esto hubiera sido lo que necesitaba para que todo tuviera sentido.

Es curioso saber lo mucho más fácil que lo hace, precisamente, el saber que no será para nada sencillo.

–Lo siento –les digo–. Lo siento.

Lo digo para todos, pero en realidad quiero decírselo a Shaun. A Bruce. A Naomi. No porque piense que todo es mi culpa (sé que no es así). Supongo que pedir perdón es una manera de decir *quiero que todo mejore.* Aunque sea difícil. Aunque duela. Tengo que dejar de ocultarme detrás de lo que soy. Tengo que dejar de ocultarme detrás de las cosas que el resto de las personas esperan de mí y de las cosas que yo mismo espero de mí. Tengo que intentarlo.

Les digo todo eso a las Dairy Queens. Les digo que tengo que saber por dónde comenzar.

–¿Alguna sugerencia? –les pregunto.

Naomi

ESPERANZA

Naomi  Ely

*V*ivir una vida separada de Ely es fácil. Claro, no ha sido divertido, pero es completamente factible. Podemos dividir el territorio con facilidad. Las últimas seis semanas lo demuestran (sin contar algunos encuentros casuales).

Después de todo, supongo que puedo dejar ir a Ely. Solo que desprenderse de las esperanzas futuras para Naomi y Ely es lo que se siente imposible. No, *imposible* no es la palabra indicada. Creo que es posible. Ya estamos viviendo separados. *Injusto* es la palabra correcta. Esta fantasía que me reconfortó durante toda mi vida, que me ha dado una razón para salir adelante y tener esperanzas en mi (*nuestro*) futuro, es simplemente eso:

F-A-N-T-A-S-Í-A.

Ely y yo terminaríamos la universidad, nos casaríamos, compraríamos una 🏠 y un 🚗, y tendríamos un 👶. Seríamos una familia como las de las 🎥, ignoraríamos por completo los obstáculos imposibles que se presentaran frente a nosotros. *La-la-la,* Ely es una puta; *la-la-la* y *ja-ja-ja,* Naomi cae en esa vieja trampa de amar a alguien que nunca la amará de la misma manera. Naomi y Ely simplemente estancados en el mismo viejo programa, porque eso es lo que la esperanza les dijo que hicieran. Les salió mal la broma, *ilusos*.

Tal vez también sea la esperanza lo que mamá no puede soltar. Quiero decir, no creo que piense que papá regresará a nuestro apartamento y todo volverá a estar perfecto como antes. No lo recibiríamos aunque quisiera volver. Pero aún vivimos en este apartamento, donde todos los recuerdos dañinos no tienen forma de fantasmas, sino de vecinos. No es una fantasía ni un espejismo. *De verdad están allí*. Las fotos de papá en familia todavía cuelgan en un clóset que no nos animamos a abrir; incluso su correspondencia sigue llegando aquí. Pareciera que el tiempo se hubiese detenido cuando se marchó. Nosotras seguimos con nuestras vidas, pero solo porque nos vemos obligadas a hacerlo. El apartamento sigue siendo el mismo (sin contar esa pequeña parte de la pared de la sala que mamá destruyó cuando dejó salir el dolor en lugar de bloquearlo) y no podemos ver ese vacío, no lo terminamos de comprender, porque ¿cómo podríamos?; la presencia de papá aún está aquí, *justo en frente de nosotras*, y nos ha comido vivas.

Es como si mamá, de alguna manera, estuviera esperando que le entreguen una poción mágica para arreglar esta mentira en la que vivimos; hasta entonces, dormirá.

La despierto rociándole un poco de Evian en el rostro. No es un método muy amoroso, pero tiene un lado bueno para nuestra piel suave como la leche. Todas las revistas lo recomiendan.

Abre los ojos bien grandes y su mirada avellana expresa una mezcla de furia y amor que me recuerda cuánto nos parecemos.

Ely siempre me envidió por poder mirar a mi mamá y saber exactamente de dónde provengo. Él no se parece a nadie en su familia. Siempre me gustó saber que este rostro que comparto con mamá es la envidia de Ely. En esto, como en todo, él también me superaba. Me superaba en ser envidioso. Él no sabrá el origen de sus rasgos, pero tiene una familia funcional, una familia que sobrevivió y pudo resolver el conflicto en lugar de despedazarse. Creo que una familia que puede sobrevivir y prosperar es algo que, en verdad, es envidiable. Eso es *trabajo*. ¿Un rostro bonito que pasó de madre a hija? Eso es un simple regalo.

–¿Qué haces, Naomi? –murmura mamá. Vuelve a cerrar los ojos y se voltea, alejándose de mí–. Si no estás aquí para mirar *Oprah*, entonces lárgate.

Salto hacia el otro lado de la cama y la vuelvo a rociar, logrando un disparo directo a su rostro, luego a su cabello, sus brazos, su…

–¡Naomi! ¿Qué estás haciendo?

Está furiosa, pero le esbozo una sonrisa y la abrazo con ternura. No hay ninguna razón para gritar.

–Despierta, mamá –le susurro.

Me lleva hacia su cuerpo y me abraza con firmeza.

–Ya estoy despierta –me susurra al oído. Luego toma la botella de Evian y me rocía el rostro.

–Se siente bien –le digo–. Refrescante.

–Naomi.

–Es verdad.

–Naomi, ¿qué estás haciendo? –mamá no espera que le responda, se inclina y toma el control remoto del televisor. Se lo quito de la mano antes de que Oprah supere mis esfuerzos por arrancar a mamá de la cama para lidiar con sus propios problemas, en lugar de ver cómo aquella mujer resuelve los de todo el mundo.

Me paro en la cama y comienzo a saltar, una y otra vez, arriba y abajo.

–¡LEVÁNTATE, LEVÁNTATE, LEVÁNTATE! –le digo cantando, pero no es sino hasta que termina el canto que comprendo lo que acabo de hacer: era nuestra rutina de los domingos por la mañana para que ella preparara el desayuno.

–Ely –dice mamá–. ¿No se supone que tendría que estar aquí contigo si quieres que todo mejore?

Me atrapó. Él debería estar aquí.

–Tenemos que mudarnos –le digo.

–¿Qué? Estás loca. ¿No tienes tarea para hacer, o algo?

–Él no volverá.

Silencio.

Sabe que no estoy hablando de Ely.

–Ya lo sé –me contesta, aceptándolo.

–No querrías que regresara por más que él te lo pidiera.

–También sé eso.

–Entonces, ¿por qué aún sigues en la cama? –en *su* cama.

No se levanta, pero al menos se sienta. En el televisor, el reflejo de "Awake" es demasiado brillante. Mamá se lleva las manos al rostro.

–No lo sé, cariño. Simplemente no lo sé. No sé qué más hacer. Odio mi trabajo. No tengo dinero suficiente para mudarnos. Me siento atrapada.

–Entonces cambiemos nuestra forma de pensar. No pensemos que estamos atrapadas. Sino que nuestra situación es como… un laberinto del que tenemos que salir. Si caes en una trampa, no tienes escapatoria. En cambio, un laberinto tiene una salida. Solo tienes que encontrarla.

–¿Y cómo hacemos eso? Oh, joven devenida en anciana sabia.

–Podemos empezar vendiendo este apartamento y mudándonos, mami.

Levanta su cabeza para lanzarme una de sus miradas penetrantes estilo Naomi.

–Primero hay que repararlo para ponerlo en venta. Tiene un daño importante en la sala de estar. Hay que colocar algunos cerámicos en la cocina y en el baño. Las cortinas metálicas se caen a pedazos. La lista de Lo Imposible sigue y sigue.

–Podemos conseguir ayuda.

–¿Estás escuchándome, Naomi? No tengo dinero.

–Pero tienes opciones. Podemos pedirle ayuda a la abuela. Ella tiene mucho dinero.

–Es demasiado controladora. Siempre hay que devolverle algo a cambio de su "favor".

–¿Y qué? Devuélvele el favor. Visítala cada dos meses. Déjala que te diga que te divorcies y salgas adelante. Agradécele cuando te dé algún consejo, por más que esté completamente equivocada.

Mamá comienza a reír. Es un comienzo. Veo su rostro igual al mío perdido entre sus pensamientos. Luego, una luz.

–Tal vez podríamos preguntarle a Gabriel si le interesaría tener un trabajo extra, ya sabes, ayudarnos con algunas cosas para mejorar nuestro apartamento. Es un buen chico, ¿no? Tal vez podría ayudarnos y tendríamos oportunidad de conocerlo mejor al mismo tiempo –parece que lo dice en serio, pero luego, agrega con voz burlona–. Te *guuuuuusta*.

–Tal vez –le confieso. Amo a mi mamá.

Mi desafío más grande es descubrir cómo diablos conseguimos que una inmobiliaria no solo quiera aceptar un apartamento destrozado, sino también quiera lidiar con vendedoras como esta madre y su hija, tan destrozadas como el mismo apartamento.

–Adivina qué –le digo.

–¿Qué cosa? –me pregunta.

–Me está yendo un poco mal en la universidad y creo que probablemente abandone.

–Oh, Dios –susurra y se lleva las manos a la cabeza. Luego, la levanta sorprendentemente rápido para mirarme, pero esta vez no veo ninguna expresión de furia en ella–. Sabía que esto ocurriría. No esto exactamente, pero algo parecido. Tus años de adolescente fueron demasiado fáciles. Solo dilo, terminemos con esto de una vez. No estás embarazada o en las drogas, ¿no?

Está en lo cierto. Fue muy fácil criarme durante mis años de preparatoria. Obviamente, tenía mis momentos de mal humor. Todo adolescente los tiene. En especial, yo. Podría obtener un título en mal humor. Me recibiría con honores. Pero tampoco estuve a punto de empezar una revolución. Mamá estaba tan herida en ese entonces. No por mi culpa, pero no quería sumarle más dolor.

Ely también me superaba en eso de la rebelión adolescente. Se peleó por completo con Ginny cuando ocurrió toda esa mierda espantosa entre nuestros padres. Se comportaba *horrible* con ella, pero protector y amable con Susan. Parecía tener una personalidad a lo Dr. Jekyll y Mr. Hyde con sus propias madres. Y ahora, si le permiten llevar chicos a dormir a su apartamento, o no le recriminan cuando se queda toda la noche afuera, no es porque alcanzó la edad universitaria o porque están tan dormidas como para notarlo, sino por el precedente que estableció (no, que *demandó*) cuando aún estaba en la preparatoria. Esa libertad que se ganó tan temprano fue el precio que sus madres pagaron por el desastre que involucró a todos los demás padres del lugar. Creció demasiado pronto. Nos dejaron crecer a ambos demasiado pronto, supongo; solo que nosotros, simplemente, elegimos maneras distintas de actuar. Ely se volvió promiscuo. Y yo elegí vivir en una fantasía.

Su promiscuidad, la cual ya no puedo ignorar, probablemente es la razón por la que Ely juega con tantos chicos…

aunque ninguno le ha dado vuelta la cabeza. Esto es así. Hasta se robó a mi novio. Eso me abrió los ojos.

–No estoy embarazada –le aclaro a mamá.

–Diablos –murmura, y por fin se levanta y sale de la cama.

–¿Qué haces? –le pregunto.

–*Ambas* necesitamos ayuda –dice tomando el teléfono.

Ahí está la **?** para cualquier futuro terapeuta: ¿podemos vivir sin la fantasía y aun así transitar un camino de justicia y felicidad? No hay ninguna píldora para eso, es un hecho. (No es una pregunta).

Mamá no aceptaría que papá regrese. Pero la verdad es que yo sí tendría que (*debería*) aceptarlo a Ely.

No hizo nada malo más que ser como es.

Y amo su forma de ser.

Odio que, probablemente, tenga que hablarle yo primero, en lugar de esperar a que él haga el primer movimiento, a que él lo arregle todo, como siempre lo ha hecho en el pasado. Pero aún no he llegado a esa parte del laberinto. Un paso a la vez.

Puede que haya sacado a mamá de la cama para que se ponga a buscar una solución, pero en lo que respecta a:

Naomi  Ely

Todavía no veo una salida.

Pero no significa que estemos atrapados.

Ely
RINCONES

La espero en el descanso de la escalera del piso seis. Nuestro lugar sagrado. Los chicos de los suburbios tienen sus lujosas casas del árbol; pero nosotros, que vivimos en Manhattan, estamos obligados a crear nuestros propios espacios. El descanso de la escalera en el piso seis era *nuestro rincón*. Nos gustaba el efecto estroboscópico de las luces, con sus zumbidos y destellos. Allí jugábamos partidas interminables de *Sorry!*, *Rummikub*, *Apples to Apples* y nuestra propia versión de *Trivial Pursuit*, en la que usábamos el tablero del juego original pero inventábamos nuestras propias categorías y preguntas, que por lo general eran sobre los residentes del edificio. Incluso colgamos todos nuestros trabajos de arte de la escuela en las paredes. Cuando estábamos en la secundaria, este lugar era nuestro escenario. Aquí preparábamos nuestros números de música disco. Yo me encargaba de armar la escenografía y ella de decidir los nombres de los personajes: yo era Mantequilla y ella Lavanda. (Ese recuerdo definitivamente tiene que quedar en la Gaveta de los Recuerdos Reprimidos. Lo que quiero decir es: la parte de la música disco era grandiosa, pero ¿*Mantequilla*? ¿Dejé que esa perra mandona me llame

Mantequilla?). Cuando crecimos, hicimos de este lugar nuestro santuario para escapar de la pelea entre nuestros padres. Y aquí fue donde armamos nuestra primera Lista de No Besar, memorizando los nombres antes de destruirla.

Incluso le confesé que era gay en el mismo lugar en el que estoy esperándola ahora. Teníamos quince años y se lo dije aunque ya lo sabíamos.

Elegí a propósito el mismo lugar en el que escribimos nuestros nombres en la pared.

Los estoy mirando en este momento. La marca que dejamos cuando teníamos doce años todavía sigue allí:

Naomi
+ Ely
Juntos X 100pre

No hay ninguna forma de saber si me encontrará aquí. Ni siquiera la llamé o le envié un mensaje. Lo dejé todo a nuestra vieja conexión, a ese viejo sentido de amistad.

Confío en una frase que Naomi solía repetir: *La vida te dice que tomes el elevador, pero el amor te dice que tomes las escaleras.*

Cuento con eso. Y lo he estado haciendo desde hace una hora.

Estoy a punto de rendirme, pero me contengo. Prefiero esperar tres minutos más a tener que abandonar todo.

Estoy aquí, Naomi. Estoy aquí.

La puerta se abre y escucho el sonido de sus pasos. Resistir el impulso de salir corriendo se hace más difícil que resistir el impulso de rendirse.

El solo hecho de imaginarte corriendo es lo que te hará escapar. Deja de hacerlo.

Ahora: es el momento de la verdad. Suena como si hubiera llegado al piso ocho y continúa hacia abajo… ABAJO… y…

Los pasos se detienen. Me ve. La veo.

Noto que algo ocurrió. Noto que está más bella que nunca, pero que no es consciente de ello. Noto que necesita dormir y hablar, y recibir un beso de alguien que no sea yo. Noto que aún está enfadada conmigo, pero también que hay otros sentimientos. Noto que la miro de la misma manera que miras a alguien que ha estado lejos de ti por un largo tiempo. Aunque, en verdad, no fue tanto tiempo. Solo nosotros lo sentimos así.

No es fácil, me recuerdo. *No es fácil para ninguno de los dos.*

–Hola –le digo.

–Hola –me responde. Esto, en particular, no es fácil.

Miro la inscripción de Naomi + Ely en la pared. Quiero creer que aún nos complementamos.

No me dejaré intimidar por las diferencias entre esa época y ahora. Conozco bien el suéter azul que lleva puesto y sé muy bien con quién rompió el día que compró esos jeans; incluso fui yo quien la convenció de que comprara esos zapatos, que lucen mucho mejor ahora que están desgastados y ajados. En este momento, lo único que necesito es tomar todos esos recuerdos, todas esas asociaciones y tratar de convertir toda esta tensión presente en una energía presente.

Este es nuestro rincón. Estamos dentro de un campo de fuerza. Nada nos puede lastimar.

–Creo que nos tendríamos que casar *aquí* –le digo. Es tan obvio.

Naomi se sienta en la parte superior de la escalera (el límite de nuestro espacio) y apoya su cabeza contra la pared.

–Ely –me dice–, no nos casaremos nunca. *Nunca.*

Lo dice como si fuera una revelación. Una decisión. Pero yo lo he sabido desde que me di cuenta de que quería estar con chicos. Lo único que me sorprende es que pueda ser una sorpresa para ella.

–Oh, Naomi… –respondo, sentándome a su lado, muy cerca suyo.

Pero ella no se acerca a mí. Tampoco se pone rígida.

–Estoy muy cansada, Ely –me dice–. No tengo fuerzas para pelear contigo.

–Nunca quise pelear –le aclaro–. Nunca quise nada de esto.

Estoy seguro de que está pensando *si nunca quisiste nada de esto, ¿por qué besaste a Bruce Segundo?* Me declararía culpable si fuera necesario, pero definitivamente no me siento así. Si bien fue un mal comienzo, sé que es lo correcto. Para todos.

–¿Quién hubiera imaginado que la primera vez que te enamoraras y estuvieras en una relación monógama sería con mi novio? –al parecer, no soy el único de este dúo dinámico que puede leer la mente.

–Bueno, si sirve de consuelo, puede que también haya arruinado eso –duele saber que no estuvo cerca para enterarse. Para poder compartirlo con ella.

–Mierda –dice.

–¿Qué ocurre?

–Dije "enamorado y en una relación monógama" y no lo negaste. No me mandaste a la mierda.

–¿Y?

–Y… significa que es verdad. Guau.

–¿Te parece bien? –pregunto con cautela–. ¿Tengo permiso para enamorarme?

Este sería el momento en el que Naomi se acercaría a mí y me daría una palmada en la rodilla. El momento en el que se pondría a coquetear.

Pero no lo hace. Solo se queda pensando en eso.

–Estoy bien –agrega y es bastante claro que no lo está.

–Mientes –le comento.

–Estoy bien –repite.

–No, no lo estás.

–Estoy bien.

Sacudo la cabeza de lado a lado.

–¿Por qué mientes? –le pregunto.

–Para impedir que la verdad me folle –suena justo–. ¿Cuándo metimos en nuestras cabezas que necesitamos decirnos la verdad todo el tiempo? Algunas veces, mentir está bien, ¿sabes? No tienes que saber la verdad todo el tiempo. Es demasiado agotador.

–Estas son todas verdades, Naomi.

–Ya lo sé –me contesta, sonriendo.

–La Lista de No Besar –le digo.

–La Lista de No Besar murió –y no parece lamentarlo.

–Sí, pero tendríamos que haber puesto nuestros nombres en ella.

–Me gustaba esa mentira.

–A mí también.

–Pero no ahora.

–No, no ahora.

Estamos adentrándonos en territorio inexplorado. Ya teníamos todo planeado y, en las últimas semanas, nos encargamos de borrar todo. Teníamos dos versiones distintas y no nos habíamos dado cuenta de que lo eran. Los mapas ya no están. Las fantasías, tampoco. Algo de la confianza se perdió. Pero aunque hayamos borrado todos los caminos… aunque hayamos destruido todas las pistas e indicaciones… aunque las marcas ya no estén, el papel todavía sigue aquí. Nosotros seguimos aquí. Uno no puede simplemente borrar la esperanza, el amor y la historia. Tendríamos que quemarlo todo para que eso ocurriera. Pero si aún estamos aquí, es porque no lo hemos hecho.

–Mierda, Naomi –le digo.

–Eres un pendejo –replica.

Y ahí es cuando se inclina hacia mí. En ese momento, su cabello toca mis mejillas. Su cabeza descansa sobre mi hombro. En ese momento, su mano encuentra la mía y ahí se queda, estrechándola.

–Entonces, ¿Bruce, eh? –dice luego de unos segundos de silencio.

–Sí –le contesto–. Bruce.

–¿Lo arruinaste?

–¿Tal vez?

–Bueno, arréglalo. Apestaría haber pasado por todo esto por nada –asiento con la cabeza y continúa hablando–. Creo que también arruiné las cosas con Gabriel. Le gusto. Al menos, eso creo. O, al menos, debería intentar que le guste, pero la situación es rara y siento que no es el momento oportuno. Realmente no sé qué hacer al respecto. Me hizo un compilado de música. Se supone que debería descifrar todos los mensajes ocultos, pero no tengo ni idea de a qué mierda se refieren. Luego, le regalé uno yo, pero apestaba.

–¿Gabriel, el conserje? –le pregunto.

–Dios –dice, golpeándome con su mano libre–, ¿dónde has estado?

Supongo que esta no es la ocasión indicada para decirle que siempre pensé que las orejas de Gabriel son grandes. No enormes, pero lo suficientemente grandes como para notarlas. Por otro lado, lindos abdominales.

–¿Y cómo puedo ayudarte? –le pregunto.

–¿Hace falta que lo diga?

–¿Qué?

–Dios, tenemos que ponernos en la misma frecuencia otra vez. Necesito que hagas un compilado para mí. O sea, para él. Toma el suyo. Escúchalo. Descífralo. Y luego responde de la misma manera. Estoy demasiado complicada ahora como para hacerlo yo misma.

–¿Quieres que le escriba algo al atractivo Gabriel por ti, al estilo Cyrano? –le pregunto.

–Sí. Puedes arreglártelas de esa forma. Mientras tanto, yo podré continuar con mi curso intensivo de olvido académico.

–Lo que significa…

–Lo que significa que estoy a punto de desaprobar el Seminario de Primer Año (con eso te digo todo) y también Literatura Comparada, gracias a mi estupenda falta de interés y esfuerzo. Si desapruebo esas dos, quedo fuera de la universidad.

¡Chispas! Naomi tiene problemas bastante grandes, mucho más de lo que hubiera imaginado.

–Te ayudaré. Déjame escribir tus ensayos por ti.

Suelta mi mano y la coloca sobre mi pierna. Luego voltea para mirarme, simplemente, *mirarme*.

–No, Ely. Tal vez eso funcionaba en la preparatoria, pero ya no. La verdad es que dejar la universidad será el último empujón que necesita mamá. No tendrá que seguir con un trabajo que odia solo para que yo pueda estudiar aquí. Ese sueño también puede morir. Ir a la universidad, aferrarnos a la idea del regreso de papá, esas fueron las últimas mentiras que hemos vivido. Tal vez ahora podamos salir adelante. Y podamos mudarnos.

–No te puedes ir –realmente me refiero a que *no puede*.

–Ya veremos –contesta, pero en su voz puedo percibir que dice "Definitivamente ocurrirá".

–No te mudes lejos –le digo.

Estoy petrificado por la idea de que se marche. Aun cuando estuvimos peleados, aun cuando todo estuvo mal entre nosotros, siempre me aferré al hecho de que ella estaba aquí. La idea de que se marche por completo me hace sentir que nunca más tendré algo a lo que aferrarme.

Supongo que oye la desesperación en mi voz. La necesidad.

–Oh, Ely –añade, acercándose.

–Oh, Naomi –le digo.

¿Esto es todo lo que necesitamos? ¿Puede ser que con solo decir nuestros nombres toda nuestra historia, todo nuestro amor, todos nuestros temores, todas nuestras peleas, todos nuestros reencuentros, todo lo que sabemos del otro, todo lo que no sabemos, todo esté presente? ¿Puede entenderse todo eso solo por la manera en que dice "Ely" o la forma en que digo "Naomi"?

No estoy muy seguro. Pero es lo único que tenemos.

Comenzamos a hablar. Sobre su madre. Sobre Bruce. Sobre Gabriel. Sobre los Robin y Bruce Primero. Sobre los posibles beneficios de cambiarse a la Hunter College.

–¿Está todo bien entre nosotros? –finalmente le pregunto.

Me mira, y por un segundo temo que dirá que no.

–Sí, está todo bien –agrega–. Todo ha cambiado y tienes que estar listo para afrontarlo. Pero estamos bien.

Puedo aceptarlo. Al igual que acepté que nunca nos casaremos, tendré que aceptar que ella ya no cree más en eso. Estamos en donde necesitamos estar. Puede que no sea tan divertido como antes. Pero es necesario.

Me da un beso en la mejilla.

–Ve a buscar a Bruce. Tráelo con vida.

Le digo que lo haré… y que luego me pondré a hacer un compilado para Gabriel que le volará la cabeza.

–No –agrega–. Cambié de parecer. Creo que hay otra forma.

Creo que es mejor no pedirle detalles. Me conformo con la seguridad de que lo sabré pronto.

Nos levantamos a la par y se encamina hacia arriba.

–Espera… ¿no estabas bajando? –le pregunto.

Me mira y me siento completamente estúpido.

–No –dice–. Sabía que estarías esperándome.

Y con eso, comprendo que los problemas ya no nos arrinconarán más.

Naomi
PUERTAS

No estoy ebria ni drogada.

Puede que esté loca.

Pero no me importa.

Lo encuentro en el cuarto de suministros.

Sí, los conserjes tienen un cuarto de suministros. Estos cuartos, por más raro que parezca, no tienen puertas o cerraduras de repuesto; ni siquiera tienen hombres de repuesto (por lo que sé). Pero está bien. No necesito una puerta o una cerradura. Solo necesito a cierto conserje.

Gabriel me mira como si estuviera mirando a una niña, como si ya supiera por qué decidí entrometerme en el santuario de los conserjes, donde se esconden para fumar o escapar de los residentes del Edificio durante sus recesos de quince minutos. O simplemente para ir a buscar una nueva bombilla de luz.

Está sentado en su silla, con sus enormes auriculares que no logran tapar sus grandes orejas. Cuando me ve, levanta la mirada hacia el reloj de la pared y apaga la música.

–Son las dos de la mañana, Naomi –me dice sacándose los auriculares–. ¿Qué haces aquí?

Sabe la respuesta.

Me quedo parada debajo de la luz que cuelga del techo.

–Me pueden despedir por esto –dice finalmente Gabriel.

–No te preocupes –le digo–. Estoy destinada a que el odio del consorcio hacia mi familia me encuentre culpable a mí y no a ti.

Se levanta y da un paso hacia mí.

–Estoy destinado por mi propia voluntad a decirte que, en ese caso, no podría seguir siendo el conserje de este edificio.

Incluso bajo esta luz que expone todas las imperfecciones faciales (su piel oscura no deja ver ninguna) luce tan hermoso. Tanto que mis piernas casi colapsan al sentirlo tan cerca. Pero no llega a tocarme, a pesar de estar lo suficientemente cerca. Aunque podría hacerlo. Tal vez, notó las espinillas en mi nariz.

¿Qué hay con las imperfecciones?

Estiro la mano y jalo la cuerda que pende de la bombilla sobre su cabeza. La luz se apaga. Cierro los ojos e inclino mi cabeza, lista para hacer que esto suceda.

Pero se vuelve a encender la luz. Abro los ojos y veo a Gabriel con su expresión de No-estoy-a-punto-de-besar-a-Naomi. Su cabeza está inclinada, sí, pero con una expresión de confusión como si se estuviera preguntando: *¿Qué diablos está haciendo Naomi?*

¿QUÉ TENGO QUE HACER PARA PODER BESAR AL CHICO QUE ME GUSTA?

–¿El código de conducta de los conserjes? –le pregunto.

¿Qué hice mal esta vez? ¿O Gabriel es una de esas perras seguidoras de Madonna que no puede lidiar con una chica que hace la primera jugada?

–No, el código de conducta de los caballeros –me corrige–. Y no sé, ¿tal vez necesitemos un mejor lugar? Algo que no sea un cuarto de suministros. ¿Quizás una cena y una película?

Realmente no sé cómo hacer esto. Cuando hay tanto en juego, soy una idiota.

Volteo para salir, avergonzada, pero coloca la mano sobre la puerta para que no la pueda abrir. (Realmente es un conserje muy malo). En seguida, me da el beso más suave y dulce que jamás sentí en mi cuello.

–Ya llegará el momento –me susurra al oído.

📻 *Ya tengo mi beso, ya tengo mi b-e-s-o.* 📻

Salimos del cuarto y volvemos al lobby. Su dedo meñique se entrelaza con el mío.

Grandioso, como diría Robin-mujer.

–Ely dejó algo para ti en el escritorio de la entrada –me entrega una postal de Buenos Aires, dirigida a Ely y a mí.

Lo que realmente quería era un one, two, three-trío con ustedes dos. Amor y felicidad, Donnie Weisberg.

Comienzo a reír.

Maldición. Desearía no haber hecho eso frente al muchacho que me gusta.

Pero Gabriel en verdad debe gustar de mí porque ignora mi gorgoteo asqueroso.

–Ely bajó vestido muy elegante, como si estuviera por ir a algún lugar importante. Me pidió que te entregara esto, como si supiera que te vería esta noche y se marchó, como si tuviera una misión que cumplir. Luego de quince minutos, volvió a entrar por la puerta y no ha bajado desde entonces.

Parece que se acobardó.

No me voy a quedar con esto. Ya había tomado la decisión. Se suponía que él se lo quedaría. Esa es la manera en que funcionamos.

Estoy a punto de darle una explicación por retirarme tan abruptamente, pero Gabriel simplemente me mira y sonríe.

–Ve –dice, mirando el elevador y señalando hacia ⬆.

Mi llave del apartamento de Ely vuelve a estar en su lugar debajo del tapete. Entro y lo encuentro acostado en su cama, mirando el techo.

Un escalofrío sube por mi cuerpo al volver a entrar en su habitación. Es la misma de siempre, pero se siente diferente. Todos los pensamientos sobre lo que podría pasar aquí desaparecen.

Ya llegará el día en el que llegue a mi casa, con la esperanza de verlo a él, y me encuentre con que ya no está allí. Mamá y yo estaremos lejos de aquí.

Es muy difícil imaginar que en algún momento llamaremos *hogar* a otro edificio de esta ciudad; es mucho más difícil imaginar que puede existir un hogar para mí estando lejos de Ely; pero la parte más difícil es aceptar que ese distanciamiento *debe* ocurrir. 😯

Tomo la chaqueta de cuero de su clóset y me la pongo. Tengo frío. Y también me siento un poco regordeta.

–Él estaba aquí la noche que tuvimos la pelea, ¿no es así?

–¿Quién? ¿Dónde? –balbucea Ely. Luce como si hubiera sufrido un accidente cerebrovascular. Aterrorizado. Este no es el Ely que conozco. Él es un guerrero, ¿no?

–Bruce Segundo. En el clóset.

–¡Con un candelabro! –gritamos los dos a la vez.

–Arruinarás tu mejor traje acostándote de esta manera –le digo, arrojando la manta a un lado.

–Lo planché –me comenta–. ¿Puedes creerlo?

–Bueno, entonces debes estar realmente enamorado, Ely. Y luces hermoso con ese traje.

Actualización de la agenda del dolor: todavía duele, pero mucho menos. Puedo vivir con eso. Algún día, desaparecerá.

No dice nada. Lo intento de nuevo.

–¿Tienes miedo de terminar lastimado?

Se queda pensando por un largo segundo antes de responder.

–No. Tengo miedo de lastimarlo a él. De la misma forma que te lastimé a ti.

De algún modo, es un alivio oírlo decir esto, saber que entiende la diferencia de lo que sentimos el uno por el otro, incluso aunque no podamos hablar sobre esa diferencia. De todas formas, no sé si yo misma podría, por más que quisiera. El espacio que ocupan el dolor y la decepción aún es demasiado grande.

La pared siempre estuvo allí; solo que decidimos ignorarla. En mayor parte, *yo* decidí ignorarla.

–Levántate, Ely –mi nuevo mantra. Tal vez, en mi próxima vida, podría ser sanadora. Por ahora me tomaré un tiempo fuera de la universidad e intentaré conseguir trabajo en Starbucks hasta que mamá y yo hayamos decidido qué hacer. Creo que me vería genial con mi delantal verde. Tal vez, un día en el futuro cercano, luego de algunas cenas y películas (con suerte, él pagará, porque puede que sea una chica que hace la primera jugada, pero casi nunca tengo dinero), Gabriel me podrá ver usando… ¿solo mi delantal verde?

Ely se levanta. Quiero alisar las arrugas en su traje, pero no lo hago. En cambio, le hablo sobre el lugar secreto en donde puede tocar a Bruce Segundo (ese lugar sensible en su espalda que hará que Bruce le declare su amor eterno, ya sea que lo diga en serio o no).

–Eres una perra –me dice Ely–. Pero es un buen consejo.

Presiento que Bruce Segundo sí se lo dirá en serio a Ely.

–Te amo –le digo de la mejor manera posible.

Por lo general, le daría un beso en la mejilla en este momento, tal vez con la esperanza de algo más. Pero no lo hago ahora. Guardaré esa energía para Gabriel. O algún tipo que, por lo menos, sea ➡ *heterosexual* ⬅.

–Ahora, ve. Corre hacia él.

Cuando estábamos en segundo curso, sus mamás nos llevaron a ver *Peter Pan* en Broadway. La odié. Nunca aplaudiría a Campanita. Esa hada estúpida podría morir y no me importaría. Pero en otras escenas, sí lo hice. Solía pensar que si Ely y yo corríamos lo suficientemente rápido, con toda nuestra fuerza, juntos, el poder de nuestra energía nos transformaría en Wendy y Peter Pan. Nuestras piernas se entrelazarían a medida que nos eleváramos del suelo. Nos iríamos ✈ lejos. Solo que Ely lo tendría que desear tanto como yo.

–Yo te ❤ a ti –me dice con señas.

Estuve a punto de decirle a Ely que Gabriel califica para estar en la ~~Lista de No Besar~~® tanto como Bruce Segundo en este momento, pero no lo hago. Quiero guardar esto para mí, por ahora.

Por eso, lo único que le digo es ✌

Ely

CERCA

ientras salgo del apartamento, Naomi me dice "No te preocupes, sé feliz" con lenguaje de señas.

Recuerdo la primera vez que decidimos aprender lenguaje de señas; estábamos en cuarto curso y queríamos compartir nuestros secretos, incluso cuando nuestros padres o amigos estuvieran allí. Más adelante, era grandioso para usar en las fiestas, donde la música suele estar a todo volumen: podríamos mantener una conversación sin tener que gritar. Algunas veces nos cruzábamos con personas que también sabían el lenguaje de señas y nos quedábamos hablando con ellos. Pero la mayor parte del tiempo éramos solo Naomi y yo, como siempre en nuestro mundo de dos personas.

Mi mente fluye entre esos recuerdos mientras camino hacia el dormitorio de Bruce. Por más que lo intentemos, todavía siento que a veces hablamos idiomas diferentes. No importa si compartimos las mismas palabras, sus significados siguen siendo distintos. Y el error no está en eso, sino en ignorar que es así. Creí que con Naomi compartíamos perfectamente el mismo vocabulario y las mismas definiciones, pero comprendí que eso simplemente no es posible. Siempre hay palabras que son diferentes, palabras que suenan de una manera cuando las pensamos y diferente cuando las decimos. No existe tal cosa como un alma gemela… ¿quién querría estar en esa posición? No quiero tener la mitad de un alma compartida. Quiero mi maldita alma para mí solo.

Creo que aprenderé a valorar la palabra *cerca*. Porque así es como estamos Naomi y yo. Cerca. No por completo. No somos idénticos. Ni tampoco almas gemelas. Simplemente estamos cerca. Porque eso es lo máximo que alguna vez estarás con una persona: muy, muy cerca.

Así es como quiero estar con Bruce, también.

Quiero estar cerca.

Es una mentira pensar que la amistad y el romance son diferentes. Claro que no. Son simplemente variables de un mismo amor. Variables del mismo deseo de estar cerca.

Robin y Robin bajan para dejarme pasar hacia el dormitorio de Bruce (quiero que Bruce me escuche llamarlo a la puerta y no por el intercomunicador).

Ambos están en medio de una discusión sobre qué le susurró Bill Murray a Scarlett Johansson al final de *Perdidos en Tokio* (es una de esas discusiones de pareja en donde no puedes darte cuenta de si en verdad la están pasando bien aunque se estén abofeteando a cada rato). Es divertido participar, supongo, pero es una pesadilla verlo desde afuera.

Me escabullo para abrirme paso hacia el dormitorio de Bruce. Estoy tan nervioso que incluso pienso cuál sería la mejor manera de golpear su puerta. ¿Un golpe amistoso? ¿Con entusiasmo exagerado? ¿Algo con ritmo?

Me decido por llamarlo con un golpe amistoso.

–¿Quién es? –al oír su voz, siento que estoy a punto de desmayarme.

–Soy yo –le contesto–. Tu novio perdido.

La puerta se abre y Bruce se queda mirando mi traje y mi sonrisa de ansiedad. Y yo me quedo mirando… bueno, su ropa de no-voy-a-salir. Una camiseta verde y unos jeans desgarrados.

Deja de juzgar su ropa. Deja de juzgar su ropa. Deja de juzgar su ropa.

–Hola –dice, y por el sonido de su voz puedo notar que no soy el único que está nervioso aquí.

Al parecer, nunca pude superar la parte de decirle qué ropa usar, porque me quedo allí como la estatua de alguien completamente estúpido.

Y ahí es cuando todo se convierte en un musical. O sea, no literalmente. No es que una orquesta comienza a sonar o comenzamos a cantar. Pero reconozco este momento: es el momento del musical en el que el viajero le declara su amor a la bibliotecaria tímida. Ella no lo cree. Pero él tiene que hacérselo entender. Están destinados a estar juntos (ambos lo pueden sentir), pero solo uno de ellos lo cree de verdad. Es hora de tomar la iniciativa, aunque no sea fácil. Es hora de usar la verdad como medio de persuasión. Comprendo eso.

Ni bien entro en su habitación, ni bien la puerta se cierra, comienzo a cantarle toda la verdad. Las palabras simplemente fluyen a través de mí y, aunque no haya música, lo que digo mantiene cierta armonía. Le digo que lo he extrañado. Le digo que no entiendo qué fue lo que hice para que desapareciera, pero que, cualquier cosa que haya sido, quiero evitar que vuelva a suceder. Le digo que soy consciente de que no soy bueno para él, que soy un chico gay de poco fiar que siempre se las arregla para arruinar todo lo que es importante. *Este* es mi idioma. *Esta* es la forma en que puedo decir lo que quiero decir. Este repentino número musical.

No le digo "Estoy enamorado de ti", porque esa frase está inmersa en cada letra. Es el sentimiento implícito detrás de cada palabra.

El "Estoy enamorado de ti" sale como si hubiera dicho "Sé que soy una perra que se la pasa coqueando y que salir conmigo es como dar el beso de la muerte. Además, estoy seguro de que si haces una encuesta entre mis ex novios, once de cada once te dirán que huyas de mí gritando. Sé que probablemente avanzo demasiado rápido y que casi siempre hago todo mal, y que probablemente te has sentido como un idiota al dejarme entrar en tu vida. Sé que probablemente no merezco tu dulzura, tu bondad e inteligencia. Sé que lo que siento hacia ti brotó de manera incontrolable en mí y que tú probablemente te has arrepentido de eso. Pero de veras, deseo con toda mi fuerza que creas que, tal vez, sí había algo entre nosotros, porque disfruto mucho de estar contigo y siento que, cada vez que estoy a tu lado, puedo ser la persona que en verdad quiero ser y puedo tratarte de la manera en que te lo mereces. Me doy cuenta de que es probable que lo termine arruinando todo, si no lo he hecho aún, pero espero que puedas encontrar algo en tu corazón y arriesgarte a ver qué ocurre".

Me detengo y la música se congela en el aire a la espera de la respuesta de la bibliotecaria. Puede que la melodía cobre vida otra vez o que caiga al suelo y estalle como un trozo de hielo.

Una pausa. Y luego… Bruce abre su boca y canta.

–No, no lo entiendes. *Yo* soy el que no es lo suficientemente bueno para *ti*.

De pronto, se convierte en un dueto.

–No soy lindo –canta él.

–Sí lo eres –digo yo–. Soy muy egoísta.

–No lo eres –dice él–. Tengo miedo.

–Está bien. Tengo miedo –canto.

–Está bien –me canta él.

Siempre vemos nuestra peor parte. Nuestra parte más vulnerable. Necesitamos que otra persona se acerque lo suficiente y nos diga que estamos equivocados. Una persona en quien confiemos.

Sí, sé que Bruce nunca se verá bien en una pista de baile. Sé que tiene ciertos problemas. Sé que es un mutante.

Pero me gusta eso.

Solo tengo que convencerlo. De la misma manera que él me tiene que convencer de que realmente no piensa que soy un ser desconsiderado y sin corazón.

Esto es lo que tenemos que hacer.

Ambos sabemos que no ocurrirá todo ahora. Y que nunca será perfecto.

Pero podemos estar más cerca.

Me pregunta por qué todavía no hemos hecho el amor y le explico que quería esperar, que eso implicaba algo y que debí haber quedado como un idiota al no explicárselo antes, al no haberlo dejado entrar en mi cabeza. Le pregunto por qué esa noche se fue del club y me cuenta lo asustado que se encontraba y cuán insignificante se sentía.

–Te di por sentado –le digo.

–No. Me fui demasiado temprano. Debería haberte dicho algo. De esa forma, podría haber entendido que todo eso estaba en *mi* cabeza y no en la tuya.

En otras ocasiones ya me han declarado culpable de besar a las personas para callarlas. He besado a chicos (y chicas) por el simple deseo de sentir poder o de ligar con alguien. Pero cuando beso a Bruce en este momento (cuando lo tomo de las manos y le doy el beso, disfrutando cada segundo) no estoy tratando de eludir o evitar nada, ni estoy tratando de dejar en claro o controlar nada. Es el amor lo que me lleva a hacerlo. Puro y simple amor.

Si esto fuera un musical, la orquesta se detendría, el público comenzaría a aplaudir, las luces se apagarían y pasaría el siguiente número.

Pero en esta ocasión, la bibliotecaria y el viajero se quedan en escena. Esperan a que el público se levante de sus asientos y a que los músicos guarden sus instrumentos para irse a sus hogares a dormir. Ellos, simplemente, se quedarán allí parados en el escenario, hasta ser los únicos presentes en el lugar.

Y, aunque no haya nadie cerca, cantarán una vez más.

Es tarde cuando llego a casa para ver a Naomi.

Paso cerca de Gabriel mientras me dirijó hacia el elevador.

–Más te vale que la trates bien –es lo único que le digo.

–Lo haré –es lo único que me responde.

Entro de puntillas a mi apartamento, cuidadoso de no despertar a mis mamás. Encuentro a Naomi durmiendo en mi cama (duerme como si no hubiera dormido nada en los últimos meses y estuviera recuperándose de todo su cansancio). Al verla de esa forma, con las sábanas apretujadas en sus manos (siempre hace eso) y con una pierna colgando a un lado (siempre le gustó sentirse libre), me doy cuenta de que la conozco. Que realmente la conozco. Y una parte de conocerla por completo es saber que no necesariamente la conozco tan bien como creo. Lo cual está bien. Ambos debemos tener nuestras propias malditas almas.

Me quito los zapatos, la chaqueta y la corbata. Se mueve un poco cuando me subo a la cama, por encima de las sábanas, con mucho cuidado. Tengo cuatro almohadas, todas con fundas idénticas, y aun así siempre se queda con la mejor. Me acomodo un poco y me recuesto sobre mi segunda mejor almohada. Me pongo de lado para poder verla en la oscuridad.

–¿Cómo te fue? –me pregunta con voz adormilada.

–Bien –le contesto–. Muy bien.

–Gracias a Dios –dice, moviendo su rodilla para que roce la mía. Esto es lo más cerca que estaremos toda la noche, esta es la lejanía y cercanía que necesitamos.

Podría haberme quedado en lo de Bruce, pero era aquí donde quería finalizar mi noche. Este era el lugar al que quería regresar. Esto es tanto parte de mi historia como cualquier otra cosa. La amistad es amor como en cualquier romance. Y como cualquier tipo de amor, resulta difícil, peligroso y confuso. Pero en el momento en que tus rodillas se tocan, no hay otra cosa que puedas desear.

–Buenas noches, Robin –le digo.

–Buenas noches, Robin –contesta Naomi.

–Buenas noches, Sra. Loy.

–Buenas noches, Kelly.

– Buenas noches, Cutie Patootie.

–*Cutie Pie.*

–Lo siento. Buenas noches, Cutie Pie.

–Buenas noches, Donnie Weisberg.

–Buenas noches, Dairy Queens.

–Buenas noches, Bruce Primero.

–Buenas noches, mamás.

–Buenas noches, mamá. Y papá.

–Buenas noches, Gabriel, el novio atractivo.

–Buenas noches, Bruce, el novio bueno.

–Buenas noches, Naomi.

–Buenas noches, Ely.

Es una completa mentira decir que compartirás el resto de tu vida con una sola persona.

Si tienes suerte (y si realmente te esfuerzas), siempre habrá más de una.

AGRADECIMIENTOS

Gracias a nuestros amigos, familiares y al equipo de autores de literatura juvenil, como siempre. Y por este libro, agradecemos especialmente a Anna, Martha, Nick, Patty, Robin, y toda la gente de Knopf (una mención especial a Nancy, Allison y Noreen), y a la fabulosa gente de William Morris (particularmente a Alicia y Jennifer).

Y gracias a los fans, que nos escriben; nos recompensan cada día.

Rachel Cohn y David Levithan

Esta es la segunda novela que Rachel Cohn y David Levithan escriben juntos. Los dos son reconocidos autores de ficción juvenil.

Entre los libros anteriores de Rachel se encuentran *Gingerbread*, ganador del ALA al mejor libro para jóvenes y seleccionado como mejor libro del año por *Publishers Weekly* y *School Library Journal*. Lo mismo sucedió con sus secuelas, *Shrimp*, elegido por *Kirkus Reviews* Editors' Choice y por la Biblioteca Pública de Nueva York como novela para Jóvenes Lectores.

Entre los libros de David se encuentran *Boy Meets Boy*, que rankeó en el Top Ten de los mejores libros para jóvenes de ALA y fue ganador del Lambda Literary Award; *The Realm of Possibility*, que también figuró en el Top Ten de los mejores libros para jóvenes de ALA; *Are We There Yet?*, seleccionado por la Biblioteca Pública de Nueva York como novela para jóvenes; y *Wide Awake*.

La primera novela que Rachel escribió con David fue *Nick & Norah's Infinite Playlist*.

www.davidlevithan.com
www.rachelcohn.com

REAL

Con una protagonista rota

Sobre el miedo de enfrentar la verd

CARTAS DE AMOR
A LOS MUERTOS -
Ava Dellaira

POINTE - *Brandy Colbert*

POR 13 RAZONES
Jay Asher

Sobre el poder de la palabra

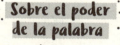

PAPERWEIGHT -
Meg Haston

QUÉ NOS HACE HUMANOS -
Jeff Garvin

BELZHAR - *Meg Wolit*

MO...

En donde las cosas no son como parecen

TODO PUEDE SUCEDER - *Will Walton*

Sobre las dimensiones del amor

DOS CHICOS BESÁNDOSE - *David Levithan*

Sobre la importancia de encontrar tu lugar en el mundo

ENSHAW - *Katherine Applegate*

FUERA DE MÍ - *Sharon M. Draper*

QUE YO SEA YO ES EXACTAMENTE TAN LOCO COMO QUE TÚ SEAS TÚ - *Todd Hasak-Lowy*

¡QUEREMOS SABER QUÉ TE PARECIÓ LA NOVELA!

Nos puedes escribir a vrya@vreditoras.cc

con el título de esta novela en el asunto

Encuéntranos en

f facebook.com/VRYA México

🐦 twitter.com/vreditorasya

📷 instagram.com/vreditorasya

COMPARTE
tu experiencia con
este libro con el hashtag
#lalistadenobesar